小学館文庫

付添い屋・六平太

飯綱の巻　女剣士

金子成人

小学館

目次

付添い屋・六平太

飯綱の巻　女剣士

第一話　初春祝言

一

年が改まって、天保五年（一八三四）の正月もすでに月半ばの十三日である。

ところが、江戸の商家の主人たちの年礼回りは元日には行われず、初売りの二日か、翌三日くらいから十五日あたりまで続くのが例年のことだった。

付添い屋を生業にしている秋月六平太は、大いにその恩恵に与っていた。

年礼回りをする商家の主の出で立ちというものは、毎年、いかにも仰々しいものである。

黒羽二重の紋付小袖に麻裃姿で、白足袋に包まれた足は、雪駄を履いており、腰には脇差を差していた。供の小僧にしても、千種色の股引に木綿の綿入れを着て、風呂敷で包んだ文庫を胸に下げている。その文庫の中には年玉の扇、鼠半紙、塗り箸、貝の杓子が入っていて、回る先々で配られる。

金目の物を持ち歩く商家の主の年礼回りは、金に飢えた輩にはまたとない稼ぎ時とも言えた。

そんな凶悪な輩からの災難を防いでくれる用心棒や六平太のような付添い屋は、年の瀬から正月にかけて忙しい日々を重ねていたのである。

独り者の六平太は、正月を迎える支度や大掃除、餅つき、それに四谷の相良道場の稽古納めなどに奔走して、慌ただしい年越しとなった。

新年を迎えると、付添い稼業の他に、一昨日は相良道場の稽古始めに出て、門人たちと鏡開きをしたあと、汁粉を口にした。

この日請け負った仕事は、日本橋通二丁目の木綿問屋『信濃屋』の主、太兵衛と小僧の年礼回りの付添いである。

日本橋の北側の駿河町、本小田原町の商家を四軒訪ねた太兵衛は、その後日本橋を南へ渡り、町奉行所の与力や同心の組屋敷が置かれている八丁堀に進んだ。

与力や同心にもお得意先があると見え、太兵衛が二軒の役宅を訪れる間、六平太は門の外で待った。

八丁堀には、相良道場の門人である北町奉行所の同心、矢島新九郎の役宅があるのだが、その場を離れて顔を出しに行くというわけにはいかなかった。

八丁堀での年礼回りを済ませた太兵衛は、六平太と小僧と共に茅場河岸の鎧ノ渡を使い、日本橋川の対岸にある小網河岸へと渡った。

小網河岸に沿って堀江町入堀の東岸を北へ向かっていると、

「これは『信濃屋』さん」

葺屋町の角から現れた商家の主と思しき男から声が掛かった。

「『橋口屋』さん、旧年中は何かとお世話になりまして。本年もひとつよろしくお願いします」

太兵衛が、やはり年礼回りの途中と思われる、小僧を伴った『橋口屋』の主に丁寧に腰を折ると、相手からも新年の挨拶が返ってきた。

お互い辞去の言葉を交わすと『橋口屋』の主は親仁橋の方へ向かい、六平太と小僧は堀留の方へ足を向けた太兵衛の後に続いた。

神田川南岸の柳原土手は、普段から古着屋や古道具屋が商いをしている場所である。野天に立てた物干し竿に古着を吊るして売っている古着屋もいれば、屋根付きの小屋で商売をする者もいる。道具屋にしても、通の端に敷いた筵に古道具を並べただけの店もあれば、高さ二尺（約六十センチ）ほどの台に渡した板の上に品々を並べて売っている者など様々だった。

堀留から浜町(はまちょう)堀近くの旗本家の屋敷二つに立ち寄った太兵衛は、日本橋横山(よこやま)町の反物屋、染色屋など三か所を回ったあと柳原通へと出て、通二丁目の『信濃屋』への帰路に就いたのである。

陽気のいい時季は多くの人の行き交いのある通も、日射(ひざ)しもなく寒風が通り抜ける空模様とあってかなり寒々しい。

雲に遮られて日の光は見えないが、ほどなく八つ（二時頃）という時分だろう。

「乱暴はおやめくださいまし」

突然、切羽詰まった男の声が辺りに響き渡った。

六平太が、菅笠(すげがさ)を少し上げて声のした方に眼(め)を向けると、柳原富士とも呼ばれている富士塚(ふじづか)がある薄暗い柳森稲荷(やなぎもりいなり)の敷地の中に、五、六人の男どもに胸から下げた文庫を奪われまいとしている奉公人らしい男と、羽交い締めにされている商家の主らしい二人連れの姿が見えた。

「『信濃屋』さん、止めに入りましょうか」

六平太が静かにお伺いを立てた。

「しかし、下手をして、こちらに難儀が降りかかると」

関わり合いを恐れたのか、太兵衛は困惑して首を捻(ひね)る。

「その品は大事な物でございます。どうか、ご勘弁を」

稲荷社の中で羽交い締めに遭い、懐に手を突っ込まれた主らしい男の悲痛な叫び声がした。

その直後、町家の小路から飛び出した侍が、腰の刀を手で押さえて稲荷社へ向けて駆け出した。

菅笠を被り黒の袴を穿いた小柄な侍は、稲荷社の中に飛び込むと、商人主従を囲んでいた男の一人の背中を押すと、その傍らで、木の棒を握って立っていた男の右手を捻り上げた。

「イテテ」

捻られた男は声を上げたが、小柄な侍は奪い取った棒を得物にして容赦なくその男の脇腹に叩き込んだ。

「ウッ」

息の詰まった声を出した男は、脇腹を押さえたままその場に蹲る。

小柄な侍の一連の動きを、六平太は半ば感心したように眺めていた。

「この野郎」

蓬髪の男が声を上げて懐の匕首を抜くと、それに倣ってほかの男どもも一斉に匕首を抜き、素早く小柄な侍に狙いを定めると、商家の主従は急ぎ祠の陰に身をひそめた。

「野郎っ」

声を上げた一人の男が匕首を振り上げたが、すぐに侍の棒で腕を叩かれて倒れ込み、地面を転げまわる。

その間に、別の男はするすると無言で侍の背後に回り、匕首を腰だめにした。

「後ろに気を付けろっ」

六平太が声をかけて稲荷社の中へと走り出すと、小柄な侍は振り向きざまに体を躱（かわ）して、背後から突っ込んできた男の横っ面を棒で叩いた。

「加勢する」

稲荷社に飛び込むと、六平太は侍の横に立って身構えた。

「てめぇ」

横っ面を叩かれた男が匕首を左右に振りながら六平太に向かって来た。

刀を抜くほどのこともないと見た六平太は、立身（たつみ）流兵法の俰（やわら）の技で凌（しの）ごうと、後ろへ下がる。

じりじりと迫る蓬髪の男の匕首に、侍が己の棒を向けて間合いを測っているのが、六平太は目の端で捉えている。

匕首を左右に振る男がさらに迫った時、六平太は突然身を投げ出して男の足元へと体を転がし近づくと、相手の片足を取って倒す。そしてすぐに草履（ぞうり）の足で脇腹を蹴ると、男の手から匕首が落ちた。

「頭っ」

蓬髪の男に声をかけたのは、脇腹を押さえて蹲っていた男である。

その男が匕首を構えて、侍へと突進した。

蓬髪の男と向かい合っていた菅笠の侍は、もう一人の男の勢いに戸惑って思わず隙を見せた。

六平太は咄嗟に、菅笠の侍の左右で匕首を構えていた男たちに地面の砂を摑んで投げつけた。

間髪を容れずに駆け寄った六平太は、男の腕を取って背負い、そのまま地面に投げ飛ばす。

その時、蓬髪の男が振り下ろした匕首が、侍の菅笠をほんの少し叩き割った。

だが、侍は怯むことなく腰を落として、蓬髪の男の腹に棒の先を突き入れた。

「う」

蓬髪の男が呻いてよろけると、他の男たちは痛みを堪えながらも蓬髪の男を支えるようにして稲荷の社地から這う這うの体で退散していった。

「そちらには無用なことかと思ったが、つい手出しをしてしまった」

六平太が殊勝な声で侍に頭を下げると、

「余計なことであった」

体を回して口にした侍の声を聞いた六平太は、

「お」

割れた菅笠の向こうに女の顔を見て、思わず声にならない声を洩らした。

破れ菅笠の女剣士は、六平太の反応など気にもかけず、すたすたと通を横切って町家の小路を南の方へと消えた。

すると、

「はぁ。なんとも恐ろしいことでした」

通から様子を見ていた太兵衛がそう口にしながら、小僧と共に恐る恐る稲荷の敷地に入ってきた。

「ただいまは、難儀をお助けいただきお礼の申しようもございません」

祠の陰に身を潜めていた商家の主も姿を見せて、六平太に頭を下げた。

主のすぐ後ろに控えていた奉公人も深々と頭を下げる。

「お住まいとお名を伺いとう存じますが」

「いやいや、気になさるな」

六平太が笑って片手を左右に振ると、主は太兵衛の方に眼を向けた。

「あ、わたしは、通二丁目の木綿問屋『信濃屋』の太兵衛というものですが」

太兵衛が、主に向けられた眼に釣られでもするように答えると、

「このお札はいずれ」

主はもう一度腰を折って、奉公人と共に通へと去って行った。

日本橋通二丁目の木綿問屋『信濃屋』は、東海道の起点となる日本橋まで二町（約二百十八メートル）ばかり南側の表通りに面している。

主の太兵衛の年礼回りの付添いを終えた六平太は、その帰途、柳森稲荷の境内での騒ぎに首を突っ込んでしまったが、そこから四半刻（約三十分）ばかりで通二丁目に帰り着いた。

六平太は、着くとすぐ表通りから一本東側の小道にある『信濃屋』裏の板塀の扉を潜って、主に主人一家が出入りする勝手口に足を踏み入れていた。

この勝手口の近くには台所があるらしく、柄杓のぶつかる音や水を扱う音がしている。

付添い料は、『信濃屋』の店先ではなく、勝手口で番頭から貰う手はずになっており、六平太は土間に入って刀を帯から外し、框に腰掛けたばかりである。

待つほどのこともなく、店の方から廊下を歩いてきた五十を越したくらいの番頭が現れると六平太の傍に膝を揃え、

「付添い屋さん、今日は朝から大いにご苦労様でした」

丁寧に頭を下げたのは、今朝方、付添いとして呼ばれた『信濃屋』に着いた時、五十助と名乗った番頭だった。

「なんの」

六平太が返答すると、五十助は、

「口入れ屋の『もみじ庵』さんによれば、半日以上の付添い料は一朱（約六千二百五十円）と聞いておりましたが、旦那様からのお言葉もあり、おめでたい正月の年礼回りに付いていただいたということで、ご祝儀代わりに八十文（約二千円）を加えさせてもらいます」

懐から取り出した半紙を六平太の前で広げ、一朱銀と八十文を見せた。

「それはありがたい」

六平太が笑顔で手を伸ばした時、ガラリと外から戸が開けられた。

すると、六十はとうに越したと見える老婆が、二十四、五ほどの女中を従えて土間に入り込んだ。

「ご隠居様、お帰りなさいまし」

急ぎ手をついて迎えた五十助から、

「付添い屋さん、上り口をお空けください」

切羽詰まった声をかけられた六平太は、付添い料の載った半紙を急ぎ摑むと立ち上がり、懐に押し込んだ。

「五十助、こちらは押し売りかなにかの類かい」

ご隠居と呼ばれた老婆は、六平太を注視したまま番頭に尋ねた。

「いえ、こちらは旦那様の年礼回りに付いてもらった付添い屋さんでして」

五十吉がそこまで口にした時、

「旦那にひとつよろしゅう」

そう声を掛けた六平太は片手を上げて、急ぎ勝手口を飛び出した。

「侍の付添いとは、いったい何なんだい」

不審に満ちたご隠居の発した声が、潜り戸を開けた六平太の背中に届いた。

二

六平太が住む『市兵衛店（いちべえだな）』は、浅草元鳥越町（もととりごえ）にある。

千五百石の旗本、松浦（まつら）家の屋敷前から浅草御蔵前（おくらまえ）に通じる往還に面している鳥越明神（とりごえ）脇の小道を、ほんの少し北へ入った先である。

三軒の棟割長屋が、どぶ板の嵌（はま）った路地を間に向かい合っていた。

表から入って井戸端を通り過ぎると、路地の右側は九尺二間（くしゃくにけん）の平屋だが、向かいに立っているのは二階家である。

二階家の一番奥にあるのが六平太の住まいであった。

六平太は、畳六畳分ほどの一階の板の間に置いてある長火鉢の近くに胡坐（あぐら）をかき、広げた手拭いの上に一分金や一朱銀を並べ、その脇に四文銭や一文銭を十枚ずつ積み上げて、金勘定に没頭している。

木綿問屋『信濃屋』の年礼回りの付添いをした翌々日の、一月十五日である。

朝早く起きて朝餉（あさげ）を摂（と）ってから、半刻（約一時間）は経（た）っているから、ほどなく五つ（八時頃）という頃おいだろう。

板の間の壁際には階段があるが、二階の六畳間はもっぱら寝間にしている。

「よしと」

金勘定を済ませると、脇に置いていた、以前は味噌壺（みそつぼ）にしていた小さな壺に、並べていた銭金を放り込んだ。

年の暮れに一年分の払いを済ませたが、手元には思った以上の銭金が残っていた。

年の瀬や正月はやはり書き入れ時で、付添い屋にはありがたい時季といえる。

壺を摑んで腰を上げた六平太が、土間近くに置いてある茶簞笥（ちゃだんす）の扉の中に仕舞い込んだ時、

「秋月さん、今朝は早起きのようでしたねぇ」

戸を開けて土間に入り込んだのは、六平太の向かいに住む噺家の三治だった。

「大工の留さんは暗いうちから普請場に行くし、熊さんも鹿島の事触れの装りをしてのお出掛けで、あたしゃ感心しますよ」

三治はそう言いながら、途中から欠伸を交えた。

三治が口にした熊さんというのは『ちょぼくれ』や『祭文語り』、それに『鹿島の事触れ』や『辻講釈』など、何にでもなって稼ぎ回るので、〈なんでも屋の熊八〉とも呼ばれている大道芸人の熊八である。

「秋月さん、いるかい」

「おう」

六平太が返答すると、三治が開けた戸口から、向かいの棟に住む大工の留吉の女房、お常が顔を覗かせた。

「なんだ、三治さんいたのかい」

お常に声を掛けられた三治は、

「さぁてあたしは、顔を洗いに行くとしましょうか」

芝居じみた物言いをして、路地へと出た。

「ねね、秋月さん、どこかから煙が流れて来ちゃいませんかねぇ」

土間に入ってきたお常が、何かを嗅ぐように鼻を鳴らしてみせ、

「今日は左義長だし、この近くで誰か、正月飾りを燃やしてるんじゃないのかねぇ」

「町中で門松なんかを燃やしちゃならないことは、大方の者は承知してるはずだから、煙が流れて来るとすれば、寿松院からだよ」

「あぁ。寿松院なら境内が広いから、どこかに燃え移る心配はないね」

お常の顔に安堵の笑みが浮かんだ。

「こりゃお揃いで、おはようございます」

井戸の方から三治の声がして、さらに、

「今んとこ、長屋に残ってるのはあたしと、秋月さんのところに行ってるお常さんですが」

誰かに返答するとすぐ、開いた戸口の外に、家主の市兵衛と大家の孫七の顔が並んだ。

「なんですかお揃いで」

素っ頓狂な声を上げたお常は隅の方に身を寄せて、市兵衛と孫七が入れる場所を土間に作った。

「昨日、店子のみんなから預かった注連縄や門松なんかは、八番組『ほ』組の連中が持ち帰ってくれたから、そのお知らせに」

孫七が口にした八番組『ほ』組とは、浅草元鳥越町近辺を受け持っている町火消のことである。

「町内から預かった正月飾りは、火の用心の利く空地かどこかの河原で焼くつもりだと頭が言ってくれたよ」

孫七に続いて市兵衛が話を続けるとすぐ、

「三治さん、明けましておめでとうございます」

井戸の方から、聞きなれた妹の声が届いた。

「あの声は佐和ちゃんだよ」

そう呟いてお常が路地に出ると、

「おや、おきみちゃんと勝ちゃんも一緒だよ」

井戸の方を向いたお常の横顔に笑みが広がる。

すると、駆けて来る足音が聞こえ、直後に佐和の娘のおきみと倅の勝太郎が土間に飛び込んできた。

「土間は狭いから、おきみたちはお上がり」

六平太が指示を出すと、それぞれ風呂敷包みを手にしていた二人の子供は土間を上がり、長火鉢の傍に陣取った。

「これは、市兵衛さんと孫七さん。明けましておめでとうございます」

角樽を提げて戸口の外で足を止めた佐和が、土間に向かって頭を下げた。

「あぁ、おめでとう。今年もよろしく頼みますよ」

「旦那様、ここは混み合ってますから、佐和さんを先に中に」

気を回した孫七に促された市兵衛は、「これはこれは」と口にして土間を空けた。

「恐れ入ります」

土間に入った佐和は、すぐに板の間に上がり、持参の角樽を框近くに置くと、市兵衛たちや路地にいるお常に改めて向き合い、

「年の暮れからずっと、うちの人が方々に飛び回っていましたので、新年の挨拶が月半ばになってしまいまして、申し訳ありませんでした」

軽く頭を下げた。

「ご亭主は、年末年始も大忙しの火消し人足だもの、仕方ないさ」

お常がそういうと、

「そうそう、浅草十番組『ち』組の纏持ちの音吉さんだ。挨拶回りもあれば挨拶を受けたりもすることは、わたしらは承知してますよっ」

井戸から戻ってきた三治が、お常の横に並んでそう述べた。

「それも落ち着きましたので、今日やっと」

そう口にしながら、佐和は、おきみと勝太郎に持たせてきた二つの風呂敷包みを解くと、胡坐をかいた六平太の方へ押しやる。

風呂敷に包まれていたのは、魚や芋の煮しめに、蒲鉾(かまぼこ)、煮豆の入った重箱と、手拭いや扇子、出汁昆布(だしこんぶ)や鰹節(かつおぶし)だった。

「こんなもの、おれひとりじゃ使いきれねぇよ」

「当たり前ですよ。長屋の皆さんにも分けてもらおうと思って持参したんですから」

佐和が六平太を軽く叱ると、

「へぇ、そりゃありがたいねぇ」

そういいながらお常が土間に足を踏み入れる。すると三治も興味津々、市兵衛と孫七の間に割り込んだ。

「秋月さん、わたしのことは勘定に入れなくて構わないからね」

「それじゃ、市兵衛さんのご厚意に甘えまして」

市兵衛に頭を下げた六平太は、鰹節二本を、お常と自分に分け、出汁昆布三つを孫七、熊八、三治に振り分ける。

「この手拭い二本は噺家には重宝だろうから、お前にやるよ」

「へい。ありがとうございい」

三治は、六平太が差し出した手拭いを恭しく両手で受け取った。

「扇子はやっぱり、市兵衛さんに使ってもらいましょう」

六平太が差し出すと、「そりゃすまないねぇ」と、市兵衛は相好を崩して受け取る。

「春三月が過ぎて夏ともなれば、暑さしのぎの扇子はありがたいからね」

広げた扇子で顔に風を送った市兵衛は、ふと手を止め、

「もしかすると、近々、秋月さんの隣りに住人が入るかも知れませんよ」

声を低めて皆に告げると、孫七を向いた。

「この前、折あしくみんなが出払っていた時、ここを見に来た人が気に入ったと洩らしておいでででしたから、ほどなく返事があろうかと思います」

孫七はそういうと、安堵の笑みを浮かべた。

長いこと空き家になっていた六平太の隣りが遂に埋まるという手応えに胸をなでおろしているようだ。

「それで、おっ母(か)さんが持ってきたお酒はどうするの」

おきみが誰にともなく問いかけると、

「そりゃあれだ、三治や熊さん、それにお常さんのご亭主の留さんたちと、新年の宴を開くのさ」

六平太が思い付きを口にすると、

「そりゃ、ありがてぇ」

芝居じみた三治の声に、佐和や子供たちから笑い声が上がった。

六平太の家の二階は六畳の広さだが、路地側の雨戸と障子を開ければ、畳二畳ばかりの物干し場に出られる。

その物干し場に立った六平太は、昼前に洗っておいた褌や襦袢、足袋などを物干し竿に干している。

佐和と二人の子供が、

「おこうが喜ぶから、うちに来ないか」

女房の名を出した市兵衛の誘いを受けて、浅草御蔵前に近い福井町の家に行ってから、およそ一刻（約二時間）が経っていた。

ほんの少し前、四つ（十時頃）の鐘が鳴ったばかりの『市兵衛店』界隈が、物干しからよく見える。

東に寿松院の伽藍、その向こうに浅草御蔵の屋根屋根が望めるが、大川の流れは生憎見えない。

『市兵衛店』の南は神田川の方角で、武家屋敷や町家の屋根ばかりが続いている。上野東叡山は北方にあるのだが、寺や武家屋敷の屋根が高く、『市兵衛店』からの視界を遮っていた。

洗ったものをすべて干し終えた時、表の方から近づいて来る子供たちの声が届いた。

「帰ったか」

物干し場から声を掛けると、

「ただいまぁ」

おきみと勝太郎が六平太を見上げて返答した。

「兄上、わたしたちはこのまま聖天町に戻りますから」

「干し終えたからすぐ下りる」

佐和にいうや否や、物干し場から部屋に入った六平太は階下へと降りた。

土間の框に腰掛けたおきみと勝太郎は、板の間に上がった佐和が帰り支度を終えるのを黙って見ている。

「音吉さんによろしくな」

「えぇ」

佐和が、小さな風呂敷包みを手に立ち上がった時、

「こちらは秋月様のお住まいでございましょうか」

閉まった戸口の外から男の声がした。

「おきみ、戸を開けておくれ」

六平太の声に応じたおきみが戸を開けると、

「わたしは、木場の材木問屋『飛騨屋』さんの使いで参った者でございますが」

菅笠を外した尻っ端折りの町人は頭を下げ、

「今月二十五日に『飛驒屋』で執り行われます登世様の祝言の席にお出でいただけるのかどうか、そのご返事は後日とのことでしたので、今日改めて伺いに参上した次第でして」

丁寧な口上を聞いて、「あぁ」と頷いた六平太は土間の近くに進み、膝を揃えた。

「すまんが、おれはその日は行けないと伝えてくれないか。いや、祝言に伺うべく日にちのやりくりはしてみたのだが、四谷で剣術道場の師範代を務めている身とすれば、二十五日には、終日、門人の稽古に立ち会わなければならんし、翌日は朝から大名家の付添いがあり、祝言にはいけぬと、『飛驒屋』さんにはくれぐれもよろしく伝えてもらいたい」

「承知しました」

男が軽く腰を折って行きかけると、六平太は「あ」と声をかけて呼び止めた。

「花嫁の登世さんとお相手の五郎松さんに、秋月がおめでとうと言っていたと、言付けを頼みたい」

「へい。たしかに承りました」

使いの男はもう一度頭を下げ、軽やかに立ち去って行った。

「そう。登世さんの祝言、決まってたんですね」

背中の方から佐和の声がした。

「師走の、押し詰まってから決まったそうだ」

そう答えて腰を上げた六平太は、長火鉢の前に着き、火箸で灰をいじり始めた。

登世の祝言が近いらしいことは、昨年の内に佐和には伝えていたし、婿入りの相手が、同じ木場の材木問屋『吉野屋』の次男坊であることも打ち明けていた。

その時、佐和には、『飛驒屋』に婿が入るなら、今後は『飛驒屋』の付添いを遠慮することにすると、六平太は胸中を明かしてもいたのだ。

「だけど——祝言の日取りが分かっていたのなら、その日は空けておけばよかったじゃありませんか」

佐和は、穏やかな物言いをした。そして、

「『飛驒屋』さんには、兄上もわたしも、長年にわたってお世話になりました。それに、兄上をそれこそ実の兄のように慕っていらした登世さんの、めでたい祝言なんですよ。なにがなんでも駆け付けておあげになれば、きっと——」

そこまで口にすると、佐和は言葉を飲んだ。

佐和の声に非難がましい響きはなかった。

その穏やかな声が、かえって六平太の胸を鋭く刺した。

「おれも頼まれ仕事だ。日にちは動かせねぇよ」

幾らか突き放した物言いをすると、佐和が何か言いたそうに六平太に顔を向けた。

だが、すぐに腰を上げると、

「帰るよ」

おきみと勝太郎に小さく声をかけて、土間に下りた。

「音吉さんによろしくな」

六平太が声を掛けると、子供たちを先に行かせていた佐和は、小さく頷いて路地に出た。

「あらぁ、もうお帰りかい」

路地から、やけに明るいお常の声が響き渡った。


一月も下旬になると、寒さに身を縮めていた時分とは陽気が大分様変わりしていた。

亀戸天神では、二十四日のこの日と明日の二十五日は鷽替神事が行われ、そろそろ鶯が鳴くころとなり、桃の花が咲いたなどという声が聞こえ始める。

昼前に浅草元鳥越町の『市兵衛店』を出た六平太は、本郷から小石川を通って、大塚仲町へと歩を進め、年が明けてから二度目の音羽を目指していた。

四谷の相良道場の鏡開きの日に足を延ばしたのが、年明け最初の音羽だった。

しかし、翌日に付添いの仕事が控えていたので、その時は新年の挨拶をしただけで浅草元鳥越へとんぼ返りをしたのだ。

この日に音羽へ行くことは、『市兵衛店』の住人にも神田の口入れ屋『もみじ庵』にも伝えている。従って、『もみじ庵』から六平太に用があれば、『市兵衛店』の大家に知らせが届き、噺家の三治か江戸の諸方を歩き回る大道芸人の熊八が音羽に知らせに来るという手はずになっている。

音羽で居酒屋を営む弟分の菊次か、長年馴染んだ情婦のおりきに知らせれば、六平太に伝わることになっていた。

大塚仲町先の富士見坂を下って護国寺門前の広道に着いたのは、九つ半（一時頃）という頃おいだった。

護国寺門前の広道から始まる道幅の広い坂道が、江戸川の岸辺へと緩やかに下っており、これも護国寺の参道のひとつとなっている。

参道の両側は、北端の門前側から音羽一丁目となり、坂下へ行く毎に二丁目三丁目となり、それが九丁目まで、料理屋、旅籠の他、大小の様々な商家が軒を連ねており、昼夜を問わず賑わっていた。

「秋月の旦那、明けましておめでとう」

参道の中ほどで声をかけてきたのは、楊弓場の矢取り女のお蘭だった。

「暮れから正月と、いつお見えになるかと首を長くして待っていたんですよぉ」

「おう、道理で幾分か首がほっそりとしてるじゃないか」

六平太が軽口を叩くと、

「音羽の女をほったらかしてると、そのうちひどい目に遭いますからね」

三十をとっくに越したお蘭が、小娘のように睨んで見せた。

「新年のお蘭の顔を見に来たかったが、働かねぇと食うものも食えねぇからよ」

「こっちにしばらくおいでならあたしが食べさせてもいいけど、それだとおりき姐さんが怖いからさぁ」

お蘭はふふふと笑って、六平太を叩く仕草をした。

「どうだい音羽の様子は」

六平太が問いかけると、お蘭は両方の袖口に二つの手先を突っ込み、「代り映えはしないねぇ」と辺りを見回した。

楊弓場に客を呼び入れる時、お蘭はいつも通りに立って人を眺めているから、町の些細な出来事に通じていることがあるのだ。

「秋月さんのおりき姐さんは、暮れから年明けの藪入りまでは髪結いが引きも切らず忙しくしておいででしたよ。暮れからずっと忙しいのは、いつものことだけど、毘沙門の連中だね」

お蘭が口にした毘沙門とは、護国寺をはじめ多くの寺社の祭や庭見物などの催事に関わったり、音羽界隈の掃除や道の修繕に若い衆を差し向けたりしている甚五郎という親方の二つ名である。

　音羽に限らず、一旦何か事が起きれば町の岡場所(おかばしょ)はお上に取り潰される定めがあるので、町役人も妓楼(ぎろう)の主たちも、犯罪や火事には細心の注意を払っている。そんな岡場所の治安維持にも毘沙門の一党が尽力していて、悪に対しても引かない漢気(おとこぎ)を持ち合わせていた。

「噂(うわさ)をすればなんとやらだよ」

　そう言ったお蘭が片手を向けた方で、三人の男が足を止めた。

「秋月さん、いつこちらへ」

　親しみを込めた笑みを向けたのは、若い衆二人を従えた佐太郎(さたろう)という若者頭である。

「たった今だよ」

　お蘭が代わりに返答するとすぐ、

「親方には、あとで挨拶に伺うよ」

　六平太が続けた。

「へい。お待ちしております」

　軽く辞儀をして、佐太郎と若い衆二人は広い参道を江戸川の方へと下っていく。

「それじゃお蘭、またな」

　六平太は片手を上げると、坂の下へと足を向けた。

三

音羽五丁目の参道に立っていたお蘭と別れた六平太は、七丁目と八丁目を分ける小路まで下ったところでふと足を止めた。

小路を西の方に入れば、菊次が包丁を振るう居酒屋『吾作（ごさく）』があることが頭をよぎった。昼餉（ひるげ）の前に家を出たこともあり、幾分空腹を覚えていた。

おりきの家のある関口駒井町（せきぐちこまいちょう）に向かうには目白坂（めじろざか）を上ることになる。

おりきが家にいれば食い物の心配はないが、もしいなければ、帰って来るまで空（す）きっ腹を抱えていなくてはなるまい。

六平太は思い切って、足を小路の西へと向けた。

参道の一本西側には、並行して南北に貫く小道が走っており、その八丁目の角に『吾作』は暖簾（のれん）を掲げているのだ。

居酒屋とは言いながら、先代の主、吾作の頃から料理には定評があった。

もとは毘沙門の甚五郎の身内だった菊次は生前に吾作の薫陶を受けていたから、料理屋と称しても良いくらいの味を出している。

六平太の行く手に、軒端に提灯（ちょうちん）の下がった『吾作』の戸口が見えた。

暖簾が下がっているから、午後の中休みの前である。

戸口の暖簾を割り、腰高障子を開いて土間に足を踏み入れると、髪結いの道具箱を下げて戸口に向かってくるおりきとぶつかりそうになった。

「あら、秋月さんじゃありませんか」

甲高い声を発したのは、おりきの背後に立っていた菊次の女房のお国だった。

「髪結いを済ませた後、軽く昼餉を摂りに来ていたんですよ」

おりきの口からそんな事情を聴かされた六平太は、

「おれもだよ」

と、たった今音羽に着いたという事情を明かした。

「兄ィ、とにかく奥に腰掛けてくださいよ。昼餉はすぐに出しますから」

板場から顔を覗かせた菊次の指図に従い、六平太は土間の奥の卓に並べてある空き樽の腰掛に腰を下ろした。

「それじゃ六平さん、わたしは駒井町に帰って道具箱の片付けをしてますから、昼餉を摂ったらおいでなさいよ」

おりきは、「夜も待ってますから」という菊次の声に送られるようにして『吾作』の表へと出て行った。

「白湯ですけど」

お国が六平太の前に湯呑を置いた時、

「六平さんなら、菊次んとこだよ」

歯切れのいいおりきの声が表から聞こえるとすぐ、毘沙門の若い衆の弥太が戸を開けて土間に飛び込んだ。

「菊次兄ィ、秋月さんが音羽においでだと聞いて伺いました」

「おう。奥だよ」

板場の菊次が声を張り上げた。

二十六になった弥太は、かつては菊次の弟分だから、六平太にしても十年近い付き合いがあった。

「秋月さん、うちの親方からの言付けを持って来ました」

弥太が、卓に着いた六平太に近づいてそう述べると、

「たった今、小間物屋『寿屋』の旦那の八郎兵衛さんが桜木町に見えて、奉公人の穏蔵のことで相談があるということなので、秋月さんに是非お出で願いたいと、うちの親方がそう申しております」

「菊次、穏蔵に何かあったのか」

六平太が板場に声を掛けると、包丁を握ったままの菊次が出て来て、

「いえ。なにも知りませんが」

首をひねって近くにいたお国に眼を向けた。

「あたしも知らないよ。だけどさ、『寿屋』の穏蔵さんのことでどうして秋月さんが呼ばれるんだい」

お国が不審を口にすると、菊次は、

「それはおめぇ、兄ィが死んだ穏蔵の父親と知り合いだった縁だよ」

そう答えたが、それは、六平太が以前菊次に告げた作り話だった。

だが、今はそれを正すつもりはなかった。


居酒屋『吾作』で、急ぎ飯の湯漬けを掻き込んだ六平太は、弥太と共に音羽九丁目と境を接する桜木町の甚五郎の家へと急いだ。

先に立った弥太が開けた戸から土間に足を踏み入れると、土間や板張りで縄を編んだり竹を割いたりしていた四人ばかりの若い衆から、六平太に挨拶の声が掛かった。

「秋月さん、わざわざすみません」

板張りの隅の火鉢に鉄瓶を載せたばかりの佐太郎が六平太に近づき、

「さっき、秋月さんが音羽にお出でになってることを親方に言いましたら、是非お出で願いたいとのことでして」

頭に手をやって詫びを入れた。

「そんなことはいいんだよ」

六平太が手を左右に振ると、

「それじゃ、お上がりになって」

促されて土間を上がった六平太は、板張りの奥に下がっている長暖簾を割って、先に立った佐太郎に続いて、廊下の奥へと向かう。

「秋月さんをお連れしました」

廊下に片膝をついた佐太郎が声を掛けて障子を開くと、座敷で向かい合っている甚五郎と小間物屋『寿屋』の主、八郎兵衛の姿があった。

「どうぞお入りなさいまし」

甚五郎に促されて六平太が中に入ると、廊下の佐太郎が障子を閉めた。

「わざわざ浅草元鳥越からお出で願うのはなんだと思っておりましたら、丁度こちらにお出でだと伺いましたので、親方からお声をかけていただきました」

六平太に声をかけた事情を口にした八郎兵衛は、

「甚五郎の親方は、毘沙門の飯を食べたことのある穏蔵の、いわば親代わりですし、秋月様は死んだ親に託された穏蔵の世話を焼かれた恩人でございますから、相談事はお二方お揃いの時がよいと存じまして」

並んで座った甚五郎と六平太にゆっくりと頭を下げた。

おれは恩人なんかじゃないよ——六平太は胸の内で呟く。

信濃十河藩の江戸藩邸を追われ、浪人となって荒んでいた時分、馴染んでいた板橋の飲み屋の女が産んだのが、穏蔵なのだ。

当時、義母と義妹と長屋住まいをしていた六平太には、幼い我が子を引き取って養う余裕も意欲も無く、雑司ヶ谷の知人の伝手に縋って、八王子の農家に養子に遣ったのだった。

六平太はその時、穏蔵を棄てたと言える。

それから何年かが経った頃、養子先の伝手で江戸に奉公に出てきた穏蔵は、紆余曲折があったのち、一度毘沙門の身内になった。すると、毘沙門の若い衆として町を駆け回る穏蔵の仕事ぶりに感心した八郎兵衛に気に入られて、小間物屋『寿屋』の住込みの小僧になったという経緯があった。

穏蔵が六平太の子だということは、佐和とおりき以外、誰にも言ってはいない。

だが、甚五郎は口にはしないものの、うすうす感づいているのではないかと、六平太には思える。

「『寿屋』の旦那、それで、穏蔵についての相談というのは、いったい——」

甚五郎が穏やかに問いかけた。

「娘の美鈴と穏蔵のことでございます」

両手を膝に置いて返答した八郎兵衛は、僅かに上体を前に曲げるとすぐに顔を上げ、

「穏蔵には以前、『寿屋』の婿養子にと望んだことがございました。ところがその後、人としても未熟であり婿入りする器でもないと穏蔵からは断わられましたが、小僧として奉公を続けたいという感心な心構えを口にしたのでございます」

八郎兵衛が口にしたことは、六平太も覚えていた。

町内に困りごとがあれば毘沙門の若い衆として奔走していた穏蔵は、その当時、出歩くのが困難な老人のために、決まった日に医者から薬を貰って届けてやるということを、自ら進んで請け負っていた。

ところが、美鈴との縁組の話が持ち上がったある日、老人の薬を受け取りに行くのを穏蔵は忘れてしまった。

その時、『それは人として不実だ』というような言葉を浴びせて穏蔵の頬を叩いたのがおりきだった。

そのことが身に沁みたらしく、八郎兵衛から持ち掛けられた養子縁組の話を、穏蔵は辞退したのである。

「それからおよそ二年、穏蔵は『寿屋』の小僧として、相変わらず誠実に奉公してくれています。ご近所からも褒めていただけるほどの奉公人になりました。京の染物屋の婿になりました倅、寿八郎も、美鈴の婿を早く決めた方がいいといいますし、手代

の長次も、穏蔵の働きぶりや人柄なら、自分も安心だし、いずれは『寿屋』を支えてくれるはずだとも言ってくれております。それで、年も改まった本年、ともに十六になった穏蔵と美鈴の仮祝言を挙げておきたいと思い至ったのでございます」

八郎兵衛の話を聞いて、六平太は隣りの様子をそっと窺うと、甚五郎と眼が合ってしまい、何気なく天井を向いた。

「そのことを美鈴に尋ねますと、異存はないと申しました。ですが、肝心の穏蔵がなんと口にするのか、もしかして、断わるのではないかなどと考えますと、仮祝言のことを持ち出すのが恐ろしいのでございます。それで、親方から仮祝言のことを持ち出して穏蔵の気持ちを聞いていただき、もし迷いがあるのなら、是非とも小間物屋『寿屋』の婿になるよう、お口添えを賜りたいのでございます」

両手を突いた八郎兵衛は、甚五郎を見、隣りの六平太にも縋るような眼を向けると、いきなり畳に平伏した。

関口の台地に日が沈んでから半刻が経つと、音羽界隈はすっかり夜の帳に包まれた。

日暮れた時分から吹いていた風が強くなり、居酒屋『吾作』の表で揺れていた提灯を、お国が火を消して畳み、店の片隅に仕舞い込んだばかりである。

あと四半刻もすれば六つ半（七時頃）という刻限と思われる。

印半纏を羽織った仕事帰りの職人や、無印の半纏を着込んだ四人連れ、武家屋敷の中間らしい男たちが、それぞれの場所で飲み食いをしている。
六、七分の客の入りだが、板場から流れる煮炊きの湯気や煙に客たちの談笑する声は包まれて行く。
土間の奥の六平太の定席では、隣り合って掛けた六平太とおりきの向かいに甚五郎が掛けて、四半刻前から飲み食いが始まっていた。

「おれは時々穏蔵の仕事ぶりを見たり、知り合いの口から聞いたりするが、丁寧な仕事をするし、客あしらいもいいって話ばかりだから、仮祝言について嫌だということはないように思うけどねぇ」

調理の合間に板場から顔を出した菊次がそう述べると、

「あの穏蔵さんは律義だからちゃんとした働きはするさ。だけどさぁ、それと夫婦約束とは別物じゃないのかねぇ」

お国が傍から異を口にした。

「お国さんのいう通りだよ。穏蔵さんの本心をちゃんと聞いてやってからじゃないと、勧めようもないよ」

「そうなんだ。おりきさんのいう通り、あいつはどうも、おれたち周りの大人たちに逆らっちゃなるまいというような決めごとをしてる気がしてるんだ。だから、心底がはっきりするまで、あぁしろこうしろとは言えないんだよ」

甚五郎はそういうと、盃に残っていた酒を静かに飲み干した。

「そうか、ふたりとも故郷へ帰るか」

飲み食いをしている客たちの方から、そんな声が届いた。

「いやね、おれの連れと、磐城平藩の下屋敷の兄さんの連れも、去年、江戸に飛んできた椋鳥ってことが分かったもんだからさぁ」

客が口にした椋鳥というのは、稲刈りが済んだ十一月から江戸にやって来て、二月の末頃までに故郷に帰っていく短期の出稼ぎ人のことである。

冬が近づくと群れを成して町場へ下りて来て、春先、にぎやかに山へ帰る椋鳥の動きに似ていることから、そんな呼び方をされていた。

「国はどこだい」

「へぇ、わたしは越後です」

「あっちは雪が深いそうだなぁ」

「へぇ、左様で」

届いて来る客のやり取りに聞き耳を立てているのか、六平太たちは黙って盃を重ね、箸を動かした。

「いらっしゃ――あ」

声を出したお国が、途中で言葉を飲み込んだ。

「穏蔵さんだよ」

戸口を向いて掛けていたおりきが、ぽつりと声に出すと、六平太も眼を向けた。

土間に入ったところに立って、店の中を見回している穏蔵の姿があった。

「奥に行きな」

菊次から声を掛けられた穏蔵は、奥の方に眼を留めると、周囲の客たちに頭を下げながら六平太たちの近くに歩んできた。

「夕餉は済ませたのかい」

おりきの問いかけに、頷いて応えた穏蔵は、

「夕方、『寿屋』の日那様に呼ばれて、仮祝言の話を伺いました」

落ち着いた声で明かした。

「そのうち、毘沙門の親方や秋月様から気持ちを聞かれることがあると伺いましたので桜木町へ行きましたら、佐太郎さんから、皆さんはこちらだと聞きましたので」

そこまで口にして、穏蔵は立ったまま頭を下げた。

「とにかく、掛けな」

甚五郎は壁際の樽に移り、空いた樽に掛けるよう手で勧めた。

穏蔵は頷いて、素直に腰を掛けた。そして、

「わたしの仮祝言のことを、どうお思いでしょうか」

穏蔵は俯きがちのまま、誰にともなく問いかけた。

「親代わりの親方は何と？」

おりきが話を向けると、

「おれは、いい話だと思うぜ。だが、いまも話をしていたところだが、肝腎なのは、穏蔵がどう思うかだ。だからな、いい話だからと言って、押し付けるようなことはしたくねえから、自分で決めることだ」

甚五郎からそんな思いが返ってきた。

するとおりきは穏蔵に向かって、

「そうなんだよ」

と、笑いかけた。

「あの、秋月様は」

穏蔵から名指しをされた六平太は、

「おれはあれだよ。あれこれいう立場でもねえし、おれは端から甚五郎親方に一任することにしてるよ」

ぎこちない物言いをして、飲みかけの酒をくいと呷った。

「左様ですか」

少し落胆したように呟いた穏蔵は立ち上がり、「お邪魔しました」と声に出して一礼するとその場を去り、『吾作』の表へと出て行った。

「六平さんに、これという思いはなかったのかねぇ」

心なしか、非難がましい声がおりきの口から洩れた。

「ないよ。だから、親方に一任したんじゃねぇか」

むきになって言い返した六平太が取ろうとした徳利(とつくり)を、おりきが先に摑んで、自分の盃に注(つ)ぎながら、

「穏蔵さんは、父親の思いを聞きたかったんだろうねぇ」

独り言のように呟いた。

「あれ、穏蔵さんの二親はとっくに死んだんじゃないんですか」

素っ頓狂な声を上げたのはお国だった。

「だから、とっくに死んだどこの誰とも分からない父親に聞いてみたかったんじゃないかと思ってね」

「あぁ、なぁるほど」

お国が感心したように大きく頷いた。

「よぉ、故郷に帰るそこの椋鳥の兄さん、江戸は初めてだったのかい」

板場から菊次が声を張り上げると、

「初めてでした」

男からそんな声が返ってきた。

「それで、音羽はどうだったよ」

菊次がさらに問いかけると、

「江戸は怖いところだと聞いていましたが、ここは、音羽は、みなさんからよくしていただいて、いいところでした」

男の声の最後あたりは、微かに震えていた。

「おい、お国、あそこの椋鳥の兄さんがたに酒を持って行ってやれ」

「はぁい」

菊次に応えたお国の声が、店の中に明るく轟いた。

「こっちもひとつ」

甚五郎が、手にした徳利を六平太の目の前に差し出した。

六平太が空の盃を持つと、そこに甚五郎の持つ徳利の酒がゆっくりと満たされていった。

四

四谷北伊賀町にある相良道場は、気合と熱気に満ちていた。

一月もあと五日ほどで月替わりとなる頃おいだが、寒気が薄れたわけではない。にも拘わらず、木刀がぶつかり合う道場内には湯気が漂っている。おそらく、門人たちの汗が靄のようになったものと思われる。

六平太は、音羽に泊まった翌日の二十五日、八つからの午後の稽古に駆け付けていた。

すると北町奉行所の同心、矢島新九郎も町廻りの途中だと言って稽古に加わった。なまった体をほぐしに立ち寄った二人は久しぶりの邂逅だった。

更衣所で鉢合わせをした二人が稽古着に着替えていると、道場の下男の源助が現れて、師範の相良庄三郎は以前から決まっていた出稽古に出て留守だと告げ、さらに、

「ところが、先生の代わりに稽古を見ることになっていた師範代の滝川市之助様から、急な発熱のため道場には行けぬとの知らせが朝の稽古の前に届きまして、門人の皆様をがっかりさせてしまいまして」

そういうと、源助はため息を洩らした。

「それじゃ、おれと矢島さんで稽古を見るよ」

六平太が源助に切り出すと、新九郎も快諾したのだ。

師範代は、字の通り師範の代わりを務める役回りだから、師範に代わって稽古を見るのは、師範代である六平太と新九郎に否やはなかったのだ。

武者窓から射し込んでいた午後の日射しも、市ヶ谷(いちがや)方向に下っている坂の途中に立っている相良道場の稽古場では、夕刻間近となると、この時期は早々に翳(かげ)る。
十二、三人の若い門人たちを二組に分け、六平太と新九郎が一組ずつ受け持ち、六、七人の打ち込みを四半刻も続けていると、額にも木剣を持つ腕にも汗が吹き出し始めた。
コンコンコン――稽古の終わりを告げる板木の音が、道場の熱気を引き裂くように鳴り響いた。

下男の源助が道場の外で叩く音であった。

六平太と新九郎は、道場と隣接した更衣所で汗に濡(ぬ)れた稽古着を脱ぎ、棚に置かれた笊(ざる)に放り込んだ。

この更衣所は古参の門人と、師範代のための部屋である。

汗に濡れた稽古着を笊に置いておくと、源助が洗って乾かし、更衣所の棚に戻しておいてくれるのでありがたい。

汗を拭き終わった二人が身に着けた着物に帯を巻いていると、

「失礼します」

障子を開けたままの廊下に、稽古着のままの若い門人二人が現れた。

一人は、先刻、六平太が打ち込みの相手をした沢田庄助（さわだしょうすけ）という、関宿（せきやど）藩久世（くぜ）家の家臣で、連れ立っているのは、旗本家の三男の藤木栄寿郎（ふじきえいじゅろう）である。

「本日は思いがけなく、矢島様と秋月様に稽古を見ていただき、門人一同に大いに感激しております」

庄助が述べると、

「門人一同に成り代わりまして、御礼申し上げます」

栄寿郎も続けた。

「おれはとんだ飛び入りで滝川さんの代わりを務めただけだよ」

「飛び入りはわたしも同じですよ」

新九郎が笑って言うと、

「お二方お揃いになっての稽古に巡り合えて、われらは果報でございました」

庄助はそう口にして腰を折った。

「おいおい、あんまり持ち上げてくれるなよ。いつも稽古に来られればいいのに、師範代ながら、決まった日に来られないのが心苦しいんだからさ」

「秋月さんのいう通りだよ。おれにしても、奉行所が非番の時か、今日みてぇに町廻りのついでじゃねぇとなかなか」

新九郎は苦笑いを浮かべると、片手でつるりと頰を撫でた。

「では、失礼します」

声を合わせて辞儀をした庄助と栄寿郎は、道場の方へ引き返して行く。

その入り代わりに現れた源助が、

「よろしければ、台所で茶など如何でしょうか」

声をかけた。

「折角だが、おれは奉行所に立ち寄ってから八丁堀に戻るつもりだ」

「おれ一人のために茶の用意をしてもらうのは気の毒だから、このまま引き上げることにするよ」

六平太が辞退すると、

「さようですか。それでは、稽古着はそのままにしてお帰り下さいませ」

源助は両手を膝に置いて辞儀をして、その場を離れた。

「秋月さん、浅草元鳥越にお帰りなら、筋違橋のあたりまでご一緒にいかがです」

「それが、昨日から音羽の方に来ていまして、今日はこのままそっちへ戻ることに」

六平太は、軽く片手を掲げて詫びた。

「なるほど」

笑みを浮かべた新九郎は、着たばかりの黒羽二重の着物に巻いた帯を、きゅっきゅっと音を立てて締めた。

六平太が長年にわたって馴染んでいる女が音羽にいることを、新九郎はとうの昔に知っているのだ。


雨戸の開けられる音がしたと思ったら、滝が流れ落ちるような水音が轟いた。

布団の中で寝返りを打とうとして、六平太は目が覚めた。

縁側の雨戸が戸袋に納められると、差しこんだ日の光で寝間の障子が白く輝いた。

滝のような水音は、庭の崖下を流れる神田川の少し上流の大洗堰（おおあらいのせき）から流れ落ちる水の音だと、ほんの少しすると気が付いた。

搔巻（かいまき）を押しやって体を起こすと、

「お目覚めですか」

雨戸を納めた縁側のおりきが、声を掛けながら寝間に入り、障子を閉めた。

「髪結いに出掛けるのか」

「なにいってるんですよぉ。朝一番の髪結いを済ませて帰ってきたところですよ」

おりきはそう言いながら寝間の障子を開けて、長火鉢のある居間へと通り抜けると、

「だけど、まだ寝ているとは思いもしませんでしたよ」

と、火鉢の鉄瓶の蓋を取って、沸き具合を見た。

布団を抜け出した六平太が褞袍(どてら)を羽織って居間に入り、

「おぉ、あったけぇ」

と、炭火の熾(お)きた長火鉢に両手をかざす。

「何刻だい」

「五つの鐘が鳴ってしばらく経つから、五つ半(九時頃)ってとこですよ。だけど、箱膳を使った気配はないし、朝餉はまだだね」

おりきはそう言いながら、猫板に置いてあるお盆に掛かっていた布巾を取った。

そこには、伏せられた飯茶碗(めしぢゃわん)と汁椀(しるわん)、箸一膳が置いてあった。

「なんだ、飯は出来ていたのか」

「朝餉の用意はしたから、起きたらお食べと言って暗いうちに出て行ったじゃないかぁ。寝ぼけてたのかい」

「いやぁ、昨日は久しぶりに道場で汗をかいて血の巡りがよかったんだな。そのうえ、菊次と酒だろう」

そう口にした途端、六平太は大きな欠伸をした。

「わたしは味噌汁を温めておくから、顔を洗っておいでよ」

長火鉢の縁に両手を突いて立ち上がったおりきは、居間の外の廊下に出ると、台所の土間に下りた。

手拭いを手にした六平太は、おりきに続いて土間に下りると、二つ口の竈の横の板戸を開けて、神田川際にある小さな庭に出る。

台所の壁際に井戸があり、その脇には芋の泥を落とす石造りの流しと、桶の載った木の台がある。

釣瓶を井戸に落として水を汲むと、木の台の桶に注ぐ。

両手で水を掬って口に含むと、川を挟んだ対岸にある関口水道町に向かい、だれ憚ることなく口をゆすぎ、ガラガラとうがいをする。

しかし、この場所ではどんな音も、大洗堰の水音には負ける。

ひと頃のように、手を切るような水の冷たさはなかったが、顔を洗うと身も心も引き締まる。

顔を拭き、清々しい心持ちになった六平太は、縁側から寝間に上がって居間へと通り抜けた。

居間に入りかけた時、六平太は思わず足を止めた。

長火鉢の前に膝を揃えていた男の背があり、鉄瓶の方に両手を伸ばして暖を取っていたのだ。

「三治さん、朝餉は摂ってお出でかい」

おりきの声が台所の方からすると、

「へい。早起きして、それは済ましてまいりましたので、どうかお構いなく」

「三治だと?」

六平太が声を洩らすと、背を向けていた男が体を回した。

「へへへ、どうも。おはようございっ」

笑顔を見せた三治が、ひょいと手を叩くと、両手を膝に乗せて頭を下げた。

飯や味噌椀、漬物を載せたお盆を抱えて現れたおりきが、

「六平さんが庭に下りてすぐ訪ねて見えたんですよ」

そう言いながら、お盆を長火鉢の猫板に置いて、その脇に膝を揃えた。

「こっちに、なんか用でもあったのか」

尋ねるとすぐ、六平太は箸を取って食べ始めた。

「へえ、小日向清水谷町(こびなたしみずだに)の御贔屓(ごひいき)の家で祝い事があるっていうんで、挨拶に行く用がありましたから、ついでと言えばついでではありましたが」

勿体(もったい)ぶった物言いをして、三治は長火鉢の縁に置いてあった湯呑を口に運んで一口啜(すす)ると、

「昨日の夕方、神田岩本町の口入れ屋『もみじ庵』から使いが来まして、出来るだけ早く、『もみじ庵』にお出で願いたいというのが、まずひとつ」

「もうひとつとは」

箸を動かしながら、六平太は三治を急かす。

「その『もみじ庵』の使いが帰って行ったすぐ後に、木場の材木問屋『飛騨屋』の使いという男衆が三人、秋月さんを訪ねて来たんですよ」

六平太が箸を止めると、急須の茶を湯呑に注いでいたおりきが三治に眼を向けた。

「使いは何の用だった？」

箸を動かしながら問いかけると、

「登世さんと婿養子に入る木場職人の五郎松さんの祝言だったというんで、お披露目の品を届けに来たと言っていましたよ」

三治の答えに、六平太は食べながら小さく頷いた。

「祝いの膳にはいろいろ並んだんでしょうが、あたしが見たところ、赤飯の他に山芋反、人参こんにゃくの煮物に鯛の塩焼きがありました。そのほかに、角樽ひとつ、木綿一反、板海苔三束、鰹節三本に饅頭一箱ってとこでしたね。まぁ、この時季、赤飯なんぞは腐る気遣いはありませんが、召し上がるなら今日の内に『市兵衛店』に戻った方がいいと思いますよ。角樽なんぞは、早く開けられるのを待ってるようですから、へへへ」

阿るような笑みを浮かべて、三治は腹のあたりで、しきりに両手をこすり合わせる。

「おれはまだ、こっちに用があるんだよ」

六平太がさらりと口にすると、

「え。どんな用がありましたかね」

おりきが訝るような声を発すると、

「例の、穏蔵の仮祝言の一件とか」

「そのことについちゃ、毘沙門の親方に一任するんじゃなかったのかい」

「あ、そうか。ご馳走さん」

六平太は、ぎこちなくお盆に箸を置いた。

「それであの、届いた祝いの品は、どうしたらいいんでしょうねぇ」

「料理のものは、『市兵衛店』のみんなで分けりゃいいんだ」

六平太が返事をすると、三治は、

「なるほど。赤飯や煮しめなどはみんなで頂くことになったと伝えますが、それでその、角樽の方はどうしましょう」

探るような眼で六平太を窺う。

「樽の中の酒は十日やそこらで腐ることはないだろうから、おれが帰ってからのことにしようじゃねぇか」

「なるほど。それさえ伺えたら、あたしの用事は済んだも同然。長々とお邪魔いたしまして」

両手を突いて辞儀をした三治は、戸口の方へ軽やかな足取りで去って行った。

「ごめんなさいまし」

三治の声がするとすぐ、戸の閉まる音がした。

猫板に置かれた飯茶碗などの載ったお盆を膝元の畳に移すと、おりきが先刻、茶を注いだ湯呑を、六平太の前に置いた。

「そうでしたか」

「なにが」

湯呑に手を伸ばしながら六平太が訝ると、

「木場のあの、『飛騨屋』の娘さん、昨日が祝言だったんですか」

「うん」

六平太は、茶を一口飲むと、湯呑を猫板に置く。

「祝言の場に呼ばれてたんじゃないんですか」

「そうだが、道場のことやなんかで、日にちの折り合いがつかなくてな」

長火鉢に刺さっていた火箸を手にした六平太は、ゆっくりと灰を混ぜ始める。

「娘さん、たしか登世さんでしたか」

「ん」

「何年の付き合いになりましたか」

「五、六年てとこか」

「なるほど」

「なにが」

六平太は火箸を留めて、おりきに眼を向けた。

するとおりきは、長火鉢の縁に片腕の肘を突くと、その掌に顎を載せ、

「付添い屋の仕事の付き合いとは言え、それだけ長く続くと、あれだ。情というものが湧くもんだ」

軽く虚空を見上げて、謡うように呟いた。

「そんなもん、あるかい」

「あるよ」

静かな声で断じたおりきは、小さな笑みを向けた。

「おい」

六平太が向きになった声を発すると、

「なにも、男と女の情だと言ってるんじゃないんだよ。そんなことじゃなく、『飛騨

屋』さんとはなんだか、親戚同然の付き合いをしてたじゃないか。娘の我儘（わがまま）には困るだの、世事に疎いのんびりとしたおっ母さんには参るよだなんて、言いたいことを口にしてたのは、きっと身内同士のように慣れ合っていたからだとあたしは見てましたよ。だから、六平さんに湧いたのは、身内が一人離れて行く、寂しさってもんじゃないんですかね」

　おりきの言葉が胸に沁みた。

　寂しさかもしれない――胸の内でそう呟くと、六平太は手にした火箸で火鉢の灰をゆっくりと均（なら）しはじめた。

五

　音羽を後にした六平太は、牛込御門（うしごめごもん）に出ると城の堀に沿ってお茶ノ水（ちゃのみず）へと進み、神田川に架かる昌平橋（しょうへいばし）を渡って八辻原（やつじがはら）に着いたところである。

　音羽を出たのは九つ（正午頃）の鐘が鳴る少し前だった。

　馴染みの蕎麦（そば）屋で、おりきと二人で天ぷら蕎麦を食べて昼餉としたあと、六平太は一人で神田を目指したのだ。

　水道橋近くで八つの鐘を聞いたから、それから四半刻ばかりが経っていた。

昌平橋から口入れ屋『もみじ庵』のある神田岩本町までは、大した道のりではない。

須田町の表通りから角を曲がり、三島町、紺屋町を経た六平太は、風雪に耐えてきたような臙脂色の暖簾を掻き分けて、『もみじ庵』の土間に足を踏み入れた。

「こりゃ、思いのほかお早くお出でになりましたなぁ」

土間から二尺足らずの板張りにある帳場机に付いていた主の忠七が、感心したような物言いをした。

「音羽に使いに来た三治が、『もみじ庵』の親父さんが、今にも倒れそうに弱ってるというから、殊の外急いで来たんだよ」

そう言いながら腰の刀を帯から外すと、六平太は帳場近くの框に腰を掛けた。

「今朝、暗いうちから暖簾を出したところ、木場の『飛騨屋』さんから使いが見えまして、昨日、登世さんの祝言が執り行われたということで、昆布や餅などの祝いの品を届けてくださいましたよ」

目尻を下げて相好を崩した忠七は、

「その使いの人に聞いたら、秋月さんは他用があって、祝言にはお出でにはならなかったそうで」

と、あっという間に神妙な顔つきをした。

「早いとこ『もみじ庵』に来てもらいたいと、音羽まで人を差し向けたのは、そのことをいうためだったんですかねぇ」

「いやいや」

忠七は、いくらか皮肉を込めた六平太の物言いに気付かなかったものか、片手を左右に大きく打ち振った。

「今月の月半ば、日本橋の木綿問屋『信濃屋』さんの付添いをしたことを覚えておいででしょうかな」

天井に眼をやった六平太は、

「『信濃屋』というと——」

小さく口にして、首をひねる。

「確か、『信濃屋』のご主人の年礼回りのお供でしたが」

「あぁ。あれか。うん、分かった」

そう口にした六平太は、年礼回りを終えて日本橋への帰り道、神田川南岸の柳森稲荷の境内で起きた悶着(もんちゃく)に飛び入りしたことを思い出した。

「旦那は確か、太兵衛さん」

六平太が口にすると、

「そそそう、その太兵衛さんがわざわざこちらにお出でになって、秋月さんに一度日本橋の『信濃屋』にお出で願いたいというようなことを申されましたもんで、ええ」

「わざわざ来たのかい」

「それは言葉の綾でして、近くに来たついでだったのかもしれません。それはともかく、先日の年礼回りでなにか、呼び出しを受けるような粗相があったのかどうか、わたしにもお教え願えないかと、お出で願った次第でして」

「粗相といえるかどうか」

六平太が呟いて首をひねると、

「ありましたかっ」

帳場の忠七が腰を浮かした。

「実は、一日の付添い料の相場は一朱だが、めでたい正月だからと、八十文上乗せしてもらった」

「それだけですか」

「それしか心当たりはない」

六平太が断言すると、忠七は胸の前で腕を組んで、小さく唸った。

「向こうはなにか、おれに文句でもある様子なのか?」

「太兵衛さんの様子から、怒っているとか文句があるというようなことは窺えませんでしたが、付添い人を名指しして、『信濃屋』に来てもらいたいなど、わたしには初めてのことでしてね」

忠七はそういうと、『信濃屋』との付き合いは五、六年になるのだと口を開いた。『信濃屋』とはこれまで、短期長期の出替りの奉公人の斡旋がほとんどで、付添いの依頼は、今年の年礼回りが初めてだったと明かした。

「人入れ稼業ですから、なかには質の悪い者もおります。そんな時は、仕事の出来る人柄のいい奉公人をよこしておくれと、『信濃屋』のご隠居様から厳しいお叱りを受けることもございましたよ」

「太兵衛さんからじゃないのか」

六平太が訝るような声を向けると、

「『信濃屋』さんで怖いのは、太兵衛さんのお袋様なんですよ」

忠七が声を潜めた時、日本橋の『信濃屋』の勝手口で出くわした年の割に髪の毛の黒々とした老婆の姿を思い出した。

番頭の五十助が、「ご隠居様」と口にしたことも覚えている。

「『信濃屋』の先代は太兵衛さんの父親だったんですがね、病に倒れて、四十を前に亡くなられたんです。その後を引き継いだ太兵衛さんのお袋様の奮闘で、以前にも増して商売を盛り上げられたというので、日本橋界隈では女傑として恐れられておいでalong でして」

そこまで話をして、忠七は「はぁ」と息を継いだ。

「ですから秋月さん、『信濃屋』さんを訪ねる時は、ご隠居様の怒りを買わないよう、くれぐれもお気をつけくださいまし。へそを曲げられて、『もみじ庵』は金輪際出入りをさせないと告げられたら、事ですからね」

忠七は恐々と声を潜めた。

「それで、おれはいつ『信濃屋』に行けばいいんだよ」

「それは、秋月さんの都合にお任せしますが、ご隠居様が太兵衛さんの客の前に姿を見せることはないと思いますから、二、三日のうちに顔を出してくださいよ」

忠七に勧められた六平太は、なんとなく気詰りながらも、

「おう」

と、その要望に応じた。

『もみじ庵』に忠七を訪ねた六平太は、用事を済ませると、その足を浅草元鳥越へと向けた。

神田堀に沿って東へと向かっていた六平太が、橋本町（はしもと）の辻（つじ）を右へ曲がったところで鐘を聞いた。

右手の方から届く音は、七つ（四時頃）を知らせる本石町（ほんごく）の時の鐘である。

神田岩本町から『市兵衛店』のある浅草元鳥越へは、幾通りもの行き方がある。

神田川に架かる新シ橋を渡り、大名家の幾つもの上屋敷や武家屋敷の立ち並ぶ道を、右へ左へと曲がりながら進んで鳥越明神前に出れば、その裏手にある『市兵衛店』に行き着ける。

だが、明日の朝餉の膳に載せる目刺しや、油揚げや和布などを買い求めるには、青物や魚などを売る小店が軒を連ねる道すじの方が都合よかった。

そのことに思い至った六平太は、『もみじ庵』を後にすると、旅人宿の立ち並ぶ日本橋馬喰町の通りを抜けて浅草橋を渡り、浅草寺へ通じる道を取った。

その道の両側には名だたる人形屋をはじめ、旅籠、料理屋などに交じって、大小の様々な店があるのだ。

浅草御蔵前を左に折れて浅草元鳥越へ通じる往還にも、日々の暮らしに入用なものを商う小店もあるから、まことに都合がいい。

浅草御蔵、中之御門前の三叉路を左に折れた六平太は、寿松院門前の豆腐屋で足を止めた。

「秋月様、毎度ありがとうございます」

豆腐屋の店の中から親父の塩辛声がして、通りに響き渡った。

表通りから小路へ入った六平太は、『市兵衛店』の木戸を潜って井戸端へと歩を進めた。

そろそろ夕餉の仕度を始める刻限だが、夕日の色に染まりかけている『市兵衛店』はしんと静まり返っている。

六平太をはじめ、大道芸人の熊八や噺家の三治は、昼間はほとんど家を空けている。

三治は噺家が本業だといいながら、寄席がない時は、顔なじみの旦那に胡麻（ごま）を擂（す）って宴席の座持ちをしたり食事や行楽のお供をねだったりと、幇間（ほうかん）としても忙しくしていた。

大工の留吉は朝の暗いうちに普請場に出かけ、夕刻の七つ頃が仕事終（じま）いだから、家に帰り着くまで、あと半刻以上も後になる。

そのことを心得ている女房のお常は夕餉の仕度を終えて寝転んでいるのか、留吉の家からは物音もしない。

六平太は、豆腐屋で買った豆腐と油揚げを塩辛声の親父から借りた笊に載せて、路地の一番奥に進んで我が家の戸を開いた。

土間に足を踏み入れるとすぐ、流しに進み、茶箪笥から取り出した丼に豆腐を移し替え、甕（かめ）の水を柄杓に掬って豆腐を浸す。

油揚げを載せた笊は流しに置いたまま土間を上がると、足袋を通して板の間の冷たさが際立った。

火の気のない長火鉢が寒々しい。

まずは火を熾すか——胸の内で声を上げると、六平太は燧石(ひうちいし)を置いている小箱に手を伸ばしかけて、ふっと止めた。

流しとは反対の方の土間の上り口に、紅白の水引の巻かれた角樽や、熨斗(のし)の添えられた紙包みが幾つか積まれているのに気付いた。

積まれているのは反物の木綿、板海苔、鰹節だと分かった。

三治が音羽に知らせに来た、『飛驒屋』から届いた登世の祝言の、祝いの品々に違いあるまい。

「さてと」

声にした六平太は土間に下り、空の鉄瓶に甕の水を七分ほど注ぐ。

続いて七輪に粗朶(そだ)を置き、木っ端を載せる。

その上に炭を幾つか並べると、燧石を叩いて付木に火を付け、それを七輪の木っ端の下に差し込む。

少しすると煙が上がり始めるが、火が回るまでにはならない。

火吹き竹を手にして七輪に息を吹きかけると、ボッと、炎が立った。

炎の上からさらに炭を足すと、鉄瓶を掛けた。

「あれぇ、秋月さん帰ってお出でですか」

甲高いお常の声が、路地から届いた。

戸を開けた六平太が、煙を外へ追い出しながら路地へ出ると、

「留守の家から煙が出てるから、驚きましたよ」

小松菜の入った竹の籠を提げていたお常は、大きく肩を上下させて息を継いだ。

「ほんの少し前に戻ったんだよ」

「そうでしたか」

頷いたお常は、

「そうそう。昼過ぎに戻ってきた三治さんから、秋月さんのところに届いた赤飯や煮しめなんかを分けてもらいました。ありがとうございます」

頭を下げた。

「なんの」

笑って手を打ち振った六平太が、空き家となっていた隣りの家の戸口に、火の気のない七輪と鍋釜(なべかま)が置いてあることに気付いた。

「これは？」

「あぁ。一度音羽から戻ってきた三治さんが出かけた後、ここの住人になる親子が家財道具を運び込んだんですよ」

お常によれば、父親と十五、六の男児の荷物はすぐに運び終わったという。

その父子は、大家の孫七につれられて、浅草福井町に住む家主の市兵衛の家に挨拶に行っているとのことだった。

「今から夕餉の仕度というのが面倒でしたら、さっきの通りに、ここの住人が贔屓にしてる居酒屋『金時』がありますから」

そんな話をしている孫七の声が近づいて来て、三人の人影が六平太とお常の方へと向かってきた。

「こりゃ秋月さん、お帰りでしたか」

声を掛けた孫七の横には、袴に一本差しの四十の坂を越えたくらいの浪人らしい男と、丸腰の袴姿の青年が並んでいる。

「こちらが今日から住人となられる、貝谷重兵衛様とご子息の小四郎さんでして」

孫七が引き合わせると、

「秋月様と申されると、先ほど家主の市兵衛殿から伺った秋月様でしょうか」

重兵衛が六平太に顔を向けた。

「市兵衛さんが口にしたのは、おそらくわたしのことかと。秋月六平太です。以後、ひとつよろしく」

六平太が頭を下げると、

「こちらこそ、お世話になります」

重兵衛が頭を下げると、小四郎も父に倣い、頭を下げた。

「夕餉の後にでも、もしよければわたしの所に来ませんか。こちらのお常さんのご亭主やまだ帰って来ない二人の住人が揃ったら、貰い物の酒がありますから、お近づきの印に軽く一杯というのは如何で」

六平太が軽やかな口調で勧めると、重兵衛の顔に笑みが浮かんだ。

「片付けとかなんとかがあれば、無理なく、また別の日にすればいいんですから」

お常が口を挟むと、

「片付けなら済んでますから、では今宵、お言葉に甘えて伺います」

重兵衛は丁寧に腰を折った。

「それじゃ、貝谷さん、それまで湯屋に行くなり夕餉を摂るなり、ごゆっくり」

孫七はそういうと、井戸に近い自分の家に足を向けた。

「よかったら、孫七さんもお寄りよ」

六平太が声を掛けると、足を止めた孫七は、

「住人のみなさんとの酒など、もう飽きてますから、ご遠慮しますよ。では」

自分の家の中に消えた。

「わたしどもも、またのちほど」

重兵衛と小四郎父子も、会釈をして六平太の隣りの家に入っていく。

「もしなんなら秋月さん、夕餉を用意しましょうか」

「ありがたいがお常さん、それには及ばないよ」

六平太が片手を上げると、

「あいよ」

お常は孫七の向かいの家へと入って行った。

かぁと、『市兵衛店』の空を烏(からす)の声が通り過ぎて行く。

やっぱり夕餉はお常の好意に甘えるか――そんな迷いの出た六平太は、お常の家に伝えに行こうとしたが、足を止めて思い留(とど)まった。

遠くの方から届いた烏の声に見上げると、路地の真上に西日に染まる空があった。

第二話　洗濯女

一

二月最初の甲午（きのえうま）は七日の今日であり、今年の初午（はつうま）となっていた。

初午というのは稲荷（いなり）社の祭事だが、一方で子供祭りとも言われるくらい、朝から子供たちが太鼓を叩（たた）いたり囃（はや）し言葉を唱えたりしながら町中を練り歩くので、江戸は朝早くから騒々しかった。

京の伏見（ふしみ）大社の神が降臨した日が、二月になって初めての午の日であったことにちなんで祭礼が起こったと聞いた覚えがある。

江戸市中には大小の数多の稲荷社があって、その祭りには大人も加わる。

稲荷社近くの通りには灯籠（とうろう）が下げられ、社前では供物を奉ずる催しが方々の町内で執り行われるのが恒例だった。

稲荷社の近辺には人出を見越して、飴屋や食べ物屋、お面売りの屋台などが並んだ。

秋月六平太はこの日、日本橋本小田原町にある佃煮屋の隠居夫婦の付添いで、浅草寺にある被官稲荷へ行った帰りである。

浅草田原町の料理屋の婿に入った次男坊と孫に会うついでの稲荷詣でだった。倅の料理屋で早めの昼餉を摂り、帰途に就いた頃まではなんということはなかった。

浅草御蔵前を過ぎ、神田川を渡って両国西広小路に足を踏み入れたあたりから、近隣の町々が異様にざわついているのに気付いた。

初午祭りのせいだけではなかった。

どこからか焦げた匂いが漂い、薄い煙が流れ来て、人の流れが乱れ始めた。

そのうち、「火事だ」という声が方々で飛び交い、声の方へ駆け出す者、逃げて来る者が辻のそこここでぶつかるという光景が見られ、辺りは騒然となった。

「表通りを行くのはどうも剣呑ですから、とりあえずこの近くの知り合いの所に寄ることにします」

六平太は隠居夫婦にそう告げると、馬喰町の通りを浜町堀へと向かい、牢屋敷近くの口入れ屋『もみじ庵』を目指した。

藍染川の水路近くに立つ『もみじ庵』の表に近づくと、主の忠七から仕事の斡旋をしてもらっている千造と佐平、それに末吉の三人が爪先立ちをして、神田の方角に首を伸ばして見ている。

「千造、火事っていうのは本当か」

六平太が問いかけると、

「火元は神田佐久間町あたりです」

今年三十二の千造より二つ三つ年下の佐平が、険しい顔をして返事をした。

「こちらを本小田原町にお送りするんだが、須田町の先はどんな塩梅だろうな」

六平太が誰にともなく尋ねると、

「あっしらがここで火事の具合を聞きますから、六平太の旦那は中で待っていてくださせぇ」

三人の中では一番年下の末吉から頼もしい言葉が帰ってきた。

「忠七さんは中か」

「逃げる算段をした方がいいかどうかって、帳場の傍でおろおろしてました」

佐平が、暖簾の奥を指さした。

「ご隠居さん、とにかく中で一息つきましょう」

六平太は声をかけて、隠居夫婦を『もみじ庵』の土間へ導いた。

すると、板の間の棚から帳簿などを取り出そうとしていた忠七が、重ねた帳面を抱えて振り向いた。

「あぁ、秋月さんでしたか」

気が抜けたような声を出すと、帳場机の前にへたり込んだ。

「本小田原町のご隠居夫婦に付添って浅草に行った帰りだよ」

六平太が夫婦を指し示すと、

「あ。いつも御贔屓を頂戴しております『もみじ庵』の忠七でございます」

忠七は改まって、板の間に両手を突いた。

「忠七さん、挨拶はともかく、本小田原町までご隠居夫婦を送り届ける算段をしねぇと」

六平太が忠七をせかすように声をかけた時、表に居た千造や佐平、末吉たち三人が、急ぎ土間へ入り込んできた。

「秋月さん、通り掛かった鋳掛屋に聞くってぇと、神田の火の手が須田町の方に広がってるそうですから、日本橋の通りに近づくのはよした方がいいです」

迷いもなく口にした千造の進言に、即座に「分かった」と答えた六平太は、

「堀江町入堀に出たら、親仁橋まで下って照降町を突っ切って伊勢町堀の荒布橋を渡れば、そこから本小田原町まで一町足らずだろう」

付添い屋稼業で身に付いた道筋を、咄嗟に口にした。

「だけど秋月さん、千造兄ィがいうように、急いで日本橋に近づくのはよした方がい

いんじゃありませんかね。ここはひとつ、遠回りしてでも日本橋川を小網町まで下って、鎧ノ渡から一旦茅場河岸に渡るんです。そこから楓川を渡って江戸橋の広小路あたりで日本橋の様子を見てからのことにしちゃどうです」

佐平からの異論は、尤ものことに思えた。

『もみじ庵』の斡旋で、江戸の諸方にある武家屋敷や商家の日雇いに奔走する男たちは、江戸の隅々までの道筋を熟知している。

「分かった。佐平の忠告に従おう」

「だがね、付添い屋さん」

佃煮屋の隠居が、戸惑ったような面持ちで口を開き、

「遠回りするのはよいとしましても、わたしはともかく、浅草から歩いてきた女房の足はもう、いくらも歩けないと思います」

隠居は、框に腰掛けてがっくりと肩を落としている女房を気遣わしげに見遣った。

「秋月さん、ご隠居さん夫婦はうちの裏にある大八車に乗っていただいて、一仕事終えた千造たちに曳いてもらうというのはどうでしょう」

忠七から、思いもよらない妙案が飛び出した。

「分かった。請合いましょう」

千造が即答すると、佐平と末吉まで「引き受けやす」と声を揃えてくれた。

筵(むしろ)二枚を敷いた荷台にご隠居夫婦を乗せて、佐平と末吉が梶棒(かじぼう)を取った大八車は人形町(にんぎょうちょう)通を南へと向かっている。

火事見物に走る者や伊勢町堀の方から避難してくる者たちもいたが、大八車を進めるのに大した支障はなかった。

千造は大八車の前に立って露払いを務め、六平太は車の後押しを受け持った。

鎧ノ渡に着くと渡船は出たばかりで、対岸の茅場河岸へ渡ろうとする者たちが船の戻りを待っていた。

「あっしらは大八車を曳いて、遠回りをして霊岸島(れいがんじま)から茅場河岸に向かいますから、秋月さんはご隠居夫婦と渡しで」

そう切り出した千造は、箱崎(はこざき)町から霊岸島新堀に架かる湊橋(みなとばし)を渡って日本橋川(にほんばしがわ)の南岸を上流に向かい、茅場河岸の渡船場で待とうという腹に違いなかった。

「そりゃ助かる」

六平太が応じると、千造たち三人は老夫婦を下ろした空の大八車を曳いて、川下の箱崎の方へと駆け出した。

それから、およそ四半刻(しはんとき)（約三十分）のち――。

茅場河岸の渡船場に付けられた渡船から、六平太がご隠居夫婦を伴って船を下りると、案の定、そこには大八車を囲んだ千造たち三人の姿があった。

隠居夫婦を再度大八車に乗せると、六平太は先刻と同じく、車の後押しになった。

車曳きは千造と末吉に代わり、露払いは佐平が務めた。

八丁堀と日本橋一帯を南北に貫く楓川に架かる海賊橋を渡った先の材木河岸には、人や物の激しい行き来があった。

江戸橋広小路は目の前だが、前後左右に人が動いたり、『どけ』だの『そっちこそどけ』と諍いが繰り広げられたりして、六平太たちの大八車も難渋した。

材木町の広い通りから日本橋の方へ延びている小路の入口に差し掛かった時、

「何を申すかっ」

小路の奥からしわがれ声がした。

狭い小路の片側に下ろされた女乗り物の周りには、白髪交じりの紋付袴姿の老武士と二人の侍、乗り物を守るようにして立つ二人の侍女がいて、見るからに町の破落戸らしい六人ばかりの男どもと対峙していた。

「逃げた陸尺どもの代わりに、おれらが担いでやると言ってやってるんだよぉ」

凄みのある声を発したのは、褞袍を着込んだ鍾馗のような髭面の男だった。

褞袍を締めている荒縄に刀を差したこの髭面の男が頭分らしく、『歯向かうなら抜くぞ』とでもいうように、脇差くらいの長さの刀の柄に手を載せて女乗り物の一行を睨（にら）みつけている。

　小路の騒ぎに気付いた者も、なかなか進まないことに苛立（いらだ）ちを募らせており、武家と破落戸の諍いに関わる様子はない。

「どうだ。担ぎ賃はおれらの人数分の六両（約六十万円）だ」

　頭分らしい髭面の要求に、

「乗り物担ぎたちを追い払っておいて、なんという言い草か」

　一人の年かさの侍女が、懐剣の袋の紐（ひも）を解くと、短刀の柄（つか）を摑んだ。

「抜いてはならん！」

　老武士の声に、年かさの侍女は短刀から手を放す。

「乗り物担ぎを断わるなら、女たちの懐の物や髪に挿した櫛簪（くしかんざし）、打掛や帯をもらい受ける！」

　頭分が声に出すと、子分どもは侍女に近づいて、帯や頭に容赦なく手を伸ばす。

「無礼者！」

　供侍の一人が侍女と破落戸の間に割って入ったが、あっという間に地面に引き倒される。

「秋月さん、動きましたぜ」

　露払いの佐平から声が上がると、人の波がゆっくりとだが動き出した。

「何をするか」

切羽詰まった女の声が路地の奥から届くと、

「千造、先に行ってくれ」

そう返答して、六平太は小路の奥へと足を向けた。

かつて藩主の乗り物のそばで警固をする供番をしていた六平太にすれば、乗り物を守ろうとする老武士や侍女たちの難儀を見ぬふりなど出来なかった。

一人の侍女の背後から懐に片手を差し込んでいた一人の破落戸の腕を取って捻ると、六平太は相手を腰に乗せて地面に叩きつけた。

立身流兵法の俰の技である。

「この素浪人が」

事態の急変を知った髭面が喚いて腰の刀を抜くと、子分どもも匕首や棒切れを得物にして六平太に襲い掛かって来た。

咄嗟に一人の男の手から棒切れを奪い取ると、それを小太刀代わりにして、匕首を持った男たちの腕や肩を叩いて戦意をくじくと、腰を低くした六平太は、頭分の膝頭を棒切れで叩いて蹲らせた。

それを見て、手足の利く子分どもは頭分を両脇から抱えるようにしてその場を後にして行った。

その間、女乗り物の一行は微動だにせず事の成り行きを見ていた。

「秋月さん」

「六平太の旦那、江戸橋を渡れますぜぇ」

通りの方から佐平と末吉の声が相次いで届くと、

「おぉ！」

声を張り上げた六平太は表通りへと足を向けた。

女乗り物の一行の方から、「あ」というような声がしたが、六平太は構わず先を急いだ。

浅草元鳥越はほどなく黄昏を迎えようとしていた。

ほんの少し前に日は沈んだが、井戸端辺りは明るみが残っている。

「折角の初午の日だっていうのに火事騒ぎだなんて、縁起でもないねぇ」

桶の水に浸けた芋の泥をこすり落としながらお常がぼやくと、隣りで米を研いでいた六平太は頷き、釜の煤を洗い流していた重兵衛は、「ううん」と小さく唸り声を洩らした。

大八車に乗せたご隠居夫婦を本小田原町の佃煮屋に届けた六平太は、半刻（約一時間）ほど前に『市兵衛店』に帰り着いていた。

「おぉ、『市兵衛店』は何ごともなく何よりでした」

表から雪駄の音をさせて帰ってきた三治が口を開くと、

「今日の帰りは遅いと言ってなかったか」

六平太が不審を口にした。

「それがあぁた、今夜のお座敷は突如取り止めですよ。神田の火事が日本橋近くに広がったもんだから、小舟河岸の料理屋が『魚も青物も、女中まで揃わねぇ』っていうんで、急遽取りやめに相成りました」

三治が片手で自分の額を叩いた。

「当たり前だよ。こんな日に料理屋の座敷で旦那方の座持ちを務めるなんて、暢気すぎるよぉ」

お常が気炎をあげたところに、カラカラと銅拍子が擦れ合う音をさせながら、『鹿島の事触れ』の装りをした熊八が現れた。

折烏帽子に狩衣を着て、襟に幣束を挟み、手には鈴、腰の帯からは一対の銅拍子を下げた姿は、鹿島神宮の神官の装りということだが、いささか怪しい。

かつては真っ白だった狩衣も今では説明のつかない色になっており、折烏帽子の塗りは剝げ、鈴もところどころ錆びていた。

それにもめげず、熊八は吉凶のお告げを踊りながら囃し立て、災難除けのお札を売り歩く大道芸人である。

　その熊八が、

「今日の火事は、日本橋でいったん止まりましたが、風向きのせいで火勢を増し、湯(ゆ)島(しま)の坂を上ると、小石川(こいしかわ)、駒込(こまごめ)へと燃え移り、未(いま)だに燃え続けております」

　売り歩く先々で聞いた話を皆に告げた。

「だけど、貝谷(かいたに)さんの息子さんの帰りは遅いですね」

　お常が、重兵衛の倅のことに触れた。

「たしか、ご子息が通ってお出(い)での学問所は、深川(ふかがわ)と聞いたが」

　六平太が尋ねると、

「深川加賀(かが)町ですが」

　重兵衛が答えた。

「あぁ、大川(おおかわ)の向こうなら、火事騒ぎに巻き込まれる心配はありませんよ」

「そうかねぇ」

　お常が、三治の推測に異を挟むような物言いをした。

「ほら、帰ってきましたよ」

　三治が手で指した木戸の方から、風呂敷包みを下げた小四郎(こしろう)が入って来て、

「ただいま戻りました」

井戸端に足を止めて、誰にともなく頭を下げた。

「お帰り」

真っ先に声を掛けたお常は、

「帰り道は混み合ってなかったかい」

気遣うように問いかけた。

「永代橋は、火事見物の人や、家財道具を荷車に載せた人たちで混み合ってましたし、両国の西広小路一帯も騒ぎになっていました」

小四郎は落ち着いた受け答えをする。

「だけど、『市兵衛店』は大丈夫かねぇ。ほら、神田佐久間町からは地続きだしさぁ」

お常が誰にともなく口を開くと、

「大丈夫だよ」

即座に返答した三治は、神田佐久間町と浅草元鳥越町の間には、伊勢の藤堂家をはじめ、対馬の宗家、信濃の堀家、肥前の松浦家などの広大な上屋敷が立ち並び、その近辺には御家人屋敷、御徒の組屋敷が連なっており、それが火除地になるので、『市兵衛店』に燃え移ることはないと断じた。

「大名屋敷が燃えないとは限るまい」

六平太が異をさしはさむと、

「いや、屋敷に詰めた家臣どもはなんとしても主の屋敷を護ろうとしますよ」

「それを護れぬ時は？」

重兵衛がさらに問うと、三治は言葉に詰まった。

「まぁ、大名屋敷に燃え移ったら、あとは、大川に飛び込むしか手はありませんな」

熊八の冷静沈着な発言に、一同は声を失った。

二

神田岩本町界隈には、家屋などが燃えた匂いが漂っていた。

神田佐久間町から出火した火事から、四日が経った昼である。

火事は神田川を越えて日本橋にも及んだのだが、口入れ屋『もみじ庵』は幸いにして被災することはなかったという知らせを、六平太は昨日、忠七の使いの者から聞かされていた。

その時、朝餉を摂ったばかりのお常と三治に、

「明日は、神田の口入れ屋に行って、仕事の口があるかどうか訊くことにする」

そう言い放った六平太の言葉を隣家の重兵衛が耳にしたのである。

「明日、その口入れ屋に同行させていただき、主に引き合わせてもらえまいか」

重兵衛から頭を下げられた六平太は、

「明日は早朝に『市兵衛店』を出て、付添いの口を掛けてくれるお得意先の火事見舞いをしながら岩本町に回りますから、『もみじ庵』に着くのは昼過ぎになりますが」

「それならば、後学のためにも火事見舞いにも同行させていただきたい」

との申し出を受け入れ、この日、六平太は重兵衛を伴って、神田、日本橋界隈のお得意先の火事見舞いをしたのだった。

神田川流域は無残に焼け、その火勢は日本橋の一部にも及んでいたものの、お得意先の多くに大した被害はなかった。

「秋月様、あの火事は三日にも亘りましたよ」

火事見舞いの途中、牢屋敷近くで顔を合わせた目明かしの藤蔵が小さくため息をついた。

下白壁町に住まいのある藤蔵は、火事の後、神田日本橋界隈を見回ったとも告げ、

「城の堀に架かる常盤橋や呉服橋の近辺には大名屋敷がひしめいておりましたから、日本橋江戸橋あたりは異様な込み具合でしたよ」

そこで話を締めくくった藤蔵は、同心の矢島新九郎の役宅に向かうと言い残して人形町通を南へと向かって行った。

六平太と重兵衛が『もみじ庵』に着いたのは、藤蔵と別れてから四半刻あとのこと

だった。

閉め切られた戸を開けて土間に足を踏み入れると、帳場の横に置いた火鉢に顔を近づけて、炭火に息を吹きかけていた忠七が、

「昨日、使いの者からも聞きましたが、無事で何よりでした」

改まったように膝を揃えて、頭を下げた。

「お互い、なにもなく、よかった」

六平太の声に、

「はい」

忠七は、大きく頷き返す。

「火事見舞いついでに、付添いの口はないかと寄ってみたのだが」

「生憎(あいにく)でございます。この度の火事のせいで、十五日の涅槃会(ねはんえ)の付添いも、お彼岸の六阿弥陀(ろくあみだ)参りの付添いも、今年は取りやめるとの申し入れがありました」

「だろうな。分かった」

六平太が返事をすると、忠七の眼(め)が重兵衛の方に動いた。

「お、こちらは貝谷殿と申されて、先月から『市兵衛店』の住人になられたんだよ」

「貝谷重兵衛と申します。目下の仕事は、路傍に台を置いて、易というか、辻八卦(つじはっけ)をして見料を得ているが、ほかにもし、わたしに出来る仕事があればまわしていただけ

ないかと、秋月さんに頼んで、連れてきていただいたようなわけで」

重兵衛は、帳場机に着いた忠七に向かって丁寧に腰を折った。

忠七は、帳面を開いて筆を執り、硯の墨に浸けようとした筆先を止め、

「貝谷、重兵衛様」

と、呟いた。

「法螺貝の〈かい〉に、鶯谷の〈たに〉、重兵衛は、重ねるに〈ひょうえい〉で重兵衛と」

重兵衛の丁寧な説明を聞きながら筆を進めた忠七は、

「辻八卦の実入りはよい方だと聞きますが、それで暮らしは立ちませんか」

静かに顔を上げた。

「貝谷さんにはご子息がおいでなんだよ」

六平太が口を挟むと、重兵衛が続けた。

「その倅を、実は学問所に通わせておりましてな」

「ほう」

忠七が、感心したような声を上げた。

「ところが、学問所に納める束脩がばかに出来ぬのですよ。蘭学や漢学の写本ひとつ買うにもかなりの物入りで、筆の買い替えやら紙の補充やらもありましてな」

「なるほど。それで、貝谷様は辻八卦の他に、人に負けない技量などお持ちでしょうか」

「それは——」

重兵衛は、忠七からの問いかけに言葉を詰まらせた。

「浪人になられる前は、いずれかのご家中にお出ででしたので？」

さらなる問いかけに、

「家中の名は憚るが、江戸勤番をしていた十五、六年前に浪人と相成ったが、読み書き算盤は出来る」

重兵衛の口から出た言葉に、六平太は思わず声を出しかけた。

六平太が主家から追放されて浪人になったのも十六年ほど前であり、つい親しみを感じてしまった。

「剣術の腕前は如何でございます」

帳場机に着いた忠七が、軽く身を乗り出して問いかけると、

「藩邸勤めの頃は、徒士小頭として藩主の外出の折は、お側近くで警固をしていたので、藩邸の道場で稽古はしていたのだが、敵と真剣を交えた覚えもなく、剣術に自信はないのです」

淡々と答えた重兵衛は、忠七の方に顔を突き出すと、

「剣は、必要だろうか」

不安げな声を洩らす。

「そういう訳ではありませんが、剣の腕前がおありなら、秋月さんのような付添い稼業をお勧めしようと思いましたもので」

「なるほどなぁ」

呟いた重兵衛は、横に立った六平太に眼を向けた。

「いや、おれもかつては藩主の行列を護る供番でして、その時の勤めが付添い屋稼業の役に立ってるようなもんですよ」

六平太は笑って前歴を明かしたが、藩内の政争に関わったという濡れ衣を着せられた挙句、お家を追われて浪人になった経緯は伏せた。

「あ、そうそう、付添いで思い出しましたが秋月さん、通二丁目の『信濃屋』さんにはまだ顔を出しておられないというじゃありませんか」

「ええと、『信濃屋』というと」

六平太が首を捻ると、

「先月の中頃、年礼回りをする木綿問屋の旦那の付添いをしたじゃありませんか」

しかめっ面の忠七が、口先を尖らせて詰った。

「あぁ思い出した。旦那の名は、たしか太兵衛さんだ」

「その太兵衛さんが、この前わざわざお立ち寄りになって、秋月さんがまだ『信濃屋』においでじゃないと仰るじゃありませんか。わたしはもう、平謝りですよ」

「いやぁすまん。あれから立て続けに付添いやらなにやらと用事が重なって、つい、忘れてしまったんだよ。この前は火事騒ぎもあったし」

「それで、『信濃屋』さんにはいつお出でになるおつもりですか」

そういうと、忠七は両手を膝に置いて、ぴしりと背筋を伸ばした。

神田川の方から南へと延びる大通りは、日本橋からは東海道と呼ばれている。参勤交代の大名の行列にも江戸の物流にも寄与する大通りを、六平太はゆっくりと足を運ぶ。

『信濃屋』にはいつ行くのか——忠七に迫られた六平太は、今日これから行くと返事をしたのである。

重兵衛とは神田岩本町で別れ、忠七に返事したごとく、六平太は通二丁目の木綿問屋『信濃屋』へと向かっていた。

通りには普段のように、お店者や買い物客、様々な物売りたちの行き交いが見られたが、焼け焦げた廃材や箪笥、布団や畳などを積んだ荷車や大八車が、人混みを縫うようにしてすり抜けて行く様子も窺えた。

日本橋を渡った六平太は、通一丁目を過ぎると、通二丁目の途中から、通二丁目新道へと左へ折れた。

新道から二軒目に木綿問屋『信濃屋』はあるが、店先を通り過ぎてすぐ、板塀に沿って左へ折れ、小道の奥へと進む。

軒行灯のある潜り戸を開けて入った六平太は、五つばかり置かれた踏み石を進んで台所脇の戸口に立った。

「ごめん」

戸を開けて声を掛けると、台所から続いている廊下に前掛け姿の小女が現れた。

「こちらに呼ばれてきた『もみじ庵』の秋月だが、旦那の太兵衛さんはお出でかな」

「少しお待ちください」

初々しく返答した小女は、店のある方へと足早に去った。

小女は程なく戻って来て、

「番頭さんが、少しお待ちくださいとのことです」

それだけ言うと、台所の方へと去る。

六平太は土間に入り、框に腰掛けて待つことにした。

線香一本が半分ほど燃えたくらいの時が経った頃――。

土間から奥へと延びている廊下に早足で現れたのは、年礼回りの付添いで顔を合わせていた太兵衛だった。

「これは秋月様、よくお運びくださいました」

膝を揃えた太兵衛が、大仰に両手を突いた。

「早く伺わねばと思いつつも、今日になってしまい、申し訳ない」

「なにを仰います。とにかく、お上がりくださいまし」

太兵衛に勧められるまま、六平太は土間を上がる。

「こちらへ」

先に立った太兵衛に続いて進むと、中庭を囲む回廊に出た。

回廊からさらに奥へ延びる廊下に足を向けたところで、

「おっ母さん、わたしですが」

障子の外から部屋に、太兵衛が声を掛けた。

「お入り」

年の行った女の声がすると、太兵衛が障子を引き開けて中に入って膝を突き、

「どうぞ」

入るよう促された六平太は畳の間に入ると、床の間を背にして膝を揃えている老婆の向かいに膝を揃え、太兵衛は老婆の脇に控えた。

「ここにおりますのは、わたしの母で、今は隠居の身ではありますが、『信濃屋』の

先代の当主でございます」

「すげといいます」

六十はとうに過ぎたと思える先代の当主は、感情の籠らない声で名乗った。

「で、こちらが」

「お名は秋月様と、以前、お前から聞いた」

ご隠居のおすげの声音には、特段、不機嫌な様子はないが、普段から感情を見せない暮らしをしているのかもしれない。

「こたび、お出で願ったのは、先月の年礼回りの時、神田川柳原土手の柳森稲荷で起きた騒動のことをどうして言わなかったのかと、隠居した母親に問い詰められましたもので」

太兵衛はか細い声でそう述べると、六平太に向かって小さく頭を下げた。

「そんなことは、どうでもいいじゃありませんか」

六平太が手を横に振って笑い声を立てると、

「いいえ」

おすげは厳しい声を発し、

「先月の半ば過ぎでしたが、主の太兵衛を訪ねて、深川の瀬戸物屋、『壱中庵』の主と名乗るお人が見えまして、過日、年礼回りの途中、町の破落戸どもに難癖をつけられて金品を奪い取られそうになったところ、木綿問屋『信濃屋』の皆さまのお力をもって、難を逃れられましたと、そう申されるではないか。ところが当の太兵衛は他用中で、そんな一件を聞かされていなかったわたしは、ただただ困惑するばかりでした。一言知らせてくれていたらちゃんとした受け答えも出来たろうにと、戻ってきた太兵衛に詳細を糺すと、破落戸どもを退治したのは、口入れ屋の『もみじ庵』から雇った付添い屋というではありませんか」

「お言葉ですが、退治したのは、わたし一人ではなく、通りがかりの女剣士もそのぉ」

六平太が状況を打ち明けようとしかけると、

「詳細はともかく」

と、話を封じたおすげは、さらに言葉を続けた。

「同じ屋根の下に住まうわたしに、どうして知らせなかったのかと、商家の主たる太兵衛の気配りに難があると言っているのです」

「しかし太兵衛さんも、れっきとした『信濃屋』の主です。三つや四つの子供じゃあるまいし、外のことをいちいちご隠居さんに知らせなくてもいいとは思いますがねぇ」

六平太がやんわりと、笑みを交えて口出しをすると、

「隠居したわたしでも、訪ねて来られた瀬戸物屋さんへの対応を間違えたり、どこかで付添い屋のあなた様にお会いした時に礼を欠いたりすれば、『信濃屋』の看板に瑕がつく

をつけることになると言っているのです」

凛としたおすずげの声と鋭い眼が、六平太に向けられた。

「なるほど。ご隠居様が、そこまで気働きをなさるとは、いや、感服しました」

素直に頭を下げると、おすずげは戸惑ったように口を動かし、六平太からぷいと目を逸らした。

「五十助でございますが」

障子の外から、密やかな番頭の声がした。

「なんだい」

太兵衛が問いかけると、障子を開けた五十助が部屋の中に会釈をし、

「ただいま、矢島様と申される北町奉行所のお役人が、秋月様を訪ねておいでです」

「あなた様は、お役人に追われるようなことをなされたのですかっ」

おすずげから、またしても鋭い眼が向けられた。

「矢島というのは、同じ剣術道場の門人でして。何か急用があってやってきたのかも知れませんので、残念ながらわたしはこのあたりで引き上げさせていただきます」

六平太はこれ幸いと、しおらしい物言いをして辞去の挨拶をした。

「『市兵衛店』に秋月さんがお出でになれば話を聞こうと、浅草に行く途中だったのです」

木綿問屋『信濃屋』に六平太を訪ねて来た矢島新九郎は、日本橋の通りを神田方面へ歩を進めながら、六平太に事情を告げた。

新九郎はその時、『市兵衛店』に向かうべく、小伝馬町の牢屋敷近くから神田川に架かる新シ橋を目指していたともいうと、

「神田岩本町を通り掛かったところで、『もみじ庵』の親父に呼び止められて挨拶されたんですよ」

そう口にして笑った。

多くの人に仕事の斡旋をする口入れ屋は、無宿人の取り締まりを図る奉行所の役人たちと普段から関わりを持っていることもあって、同心の新九郎を知っていても不思議ではなかった。

新九郎が六平太に会いに行くと知って、忠七は、木綿問屋『信濃屋』に行っていると教えたのであった。

六平太が、訪ねて来た新九郎に連れていかれたのは、神田上白壁町の自身番だった。

そこに詰めていた番人に外に出てもらい、火鉢を挟んで向かい合うとすぐ、

「これから浅草に行って、火消しの音吉さんに会うのですよ」

新九郎の口から、思いがけない言葉が飛び出した。

音吉は、浅草の火消し、十番組『ち』組の纏持ちであり、六平太の妹、佐和の亭主である。

「浅草聖天町や山之宿六軒町辺りを受け持っている伊作っていう目明かしが、昨日役宅に来て話したことなんですがね」

そう前置きした新九郎が、

「山之宿六軒町にあった洗濯屋『仙水』で住込み奉公をしている妹を訪ねて、上総から兄の粂七というのが訪ねて来たんですよ」

事の経緯を話し始めた。

ところが、妹が便りに認めていた所に行くと、『仙水』という洗濯屋は一年以上も前に店を閉めており、住込みをしていたはずの妹もいなくなっていることを知ったというのだ。

近所の商家や住人に事情を尋ねたが、『仙水』のその後も奉公人たちの消息も、誰もが知らないと口を揃えた。

粂七に同情した近所の者が町役人などに会わせたものの、皆が思案に暮れた末に、

「浅草を良く知ってる十番組『ち』組の纏持ちの音吉さんに相談したらどうだ」

という声が上がり、粂七を連れて音吉を訪ねることになったという。

思案した音吉は、粂七を伴って土地の目明かしである伊作を訪ねると、北町奉行所の同心、矢島新九郎に粂七の事情を伝えて知恵を借りるようにと進言したというのが、浅草へ向かうことになった顚末だった。

「秋月さんは、音吉さんの義理の兄上ですから、ひょっとして、もっと詳しい話を聞いておいでじゃないかと、『市兵衛店』に立ち寄ろうと思ったんですがね」

「いやぁ、そんな話は聞いてませんねぇ。妹が子供を連れて来ることはありましたが、浅草の火消し人足は何かと忙しいもので、年の暮れからこっち、一度も顔を合わせてないんですよ」

六平太は苦笑いを浮かべて、少し髯の伸びた頬を片手で撫でた。

三

『市兵衛店』への帰り道が同じ六平太は、浅草に向かう新九郎と浅草御蔵前で別れると、寿松院門前を通って鳥越明神の方へ延びている往還に折れた。

そこから三町（約三百二十七メートル）ばかり歩けば『市兵衛店』に着くという道のりである。

西日を正面から浴びていた六平太は、菅笠を摘まんで下に動かして日除けにした。

日没まであと半刻以上と思われる刻限である。

鳥越明神脇の小道へ入ると、『市兵衛店』の方から、何かを読み上げる若い男子の声が聞こえ始めた。

「しいわく、まなびてときにこれをならう、またよろこばしからずや」

木戸を通って井戸端に立った時、声は隣りに住み始めた貝谷小四郎のものだと分かった。

「とものえんぽうよりきたるあり、またたのしからずや」

路地を奥へ向かった六平太は、隣家の戸口で足を止め、つい耳を傾けた。

すぐに中から障子が開いて、風呂敷包みと紐で結わえた木の台と支柱を抱えた重兵衛が路地に出て来た。

「あ、今お戻りで？」

重兵衛から労うような声を掛けられた。

「日本橋に行った後も、ちと用事が出来たもので」

菅笠を外した六平太が、笑って答えると、

「倅の声は、うるさくありませんか」

「いやぁ、この前から時々聞いているが、勉学に励む様子には感心するばかりですよ。今聞こえていたのは、論語ですね」

二階の方を見上げた六平太がそう口にする。

「左様で」

重兵衛は笑みを浮かべた。

「これから、例の辻八卦の仕事かな」

「はい」

尋ねた六平太に重兵衛は頷いた。

「八卦見は、決まった場所でなさるのか」

「いえそれが、両国など人の集まるところは、その土地の地廻りが眼を光らせておって、場所代を出せと迫るのでなかなかやりにくいのですよ。それで、何日かごとに場所や時を変えております」

「それは難儀だな」

「このところは、神田川の柳原土手にしていますよ」

「あのあたりの夜は暗いし、夜鷹（よたか）もうろついてるなぁ」

「それで、陰で夜鷹を仕切っている男どもが、商売の邪魔になるから他所（よそ）でやれと、睨（にら）みつけてきまして」

「そんな時は、思い切って刀を抜くことですよ」

六平太が冗談交じりでけしかけると、

「いやぁ、そういうのはどうも」

笑みを浮かべた重兵衛は、「では」と声を掛けて、表の通りへと向かって行った。

貝谷家の隣りにある我が家の戸を開けた六平太は、土間を上がって柱に菅笠を掛け、刀を手にして二階へと上がる。

二階の一間は押し入れの付いた六畳の広さがある。

六平太は刀を押し入れの襖（ふすま）に立てかけると、帯を解き、着物を脱いで襦袢（じゅばん）一枚になる。

押し入れの長押（なげし）から吊（つ）るされていた衣紋掛（えもんか）けに下がっている着物を取って身に纏（まと）うと、細帯で着物を締めた。

脱いだ着物を掴んで窓辺の障子を開けた六平太は、物干し場に出るとすぐ、持って出た着物を両手に持ってパタパタと打ち振った。

朝から方々を歩き回ったから、着物にはさぞ、道端の砂埃（すなぼこり）が付いたものと思われる。

カタリと障子の開く音がして、隣家の障子窓から、小四郎の顔が覗（のぞ）いた。

「あ、勉学の邪魔をしたかな」

六平太が手を止めると、

「いえ。何の音かと思いまして」

小四郎は、詫（わ）びるように頭を下げた。

「父上は仕事に出られたが、夕餉はどうするつもりだね」

「飯は朝の残りがありますし、漬物や干魚がありますから」

「もし、何か入用なものがあれば、おれや大工の女房のお常さんたちに、遠慮なく声を掛けりゃいいんだぞ」

六平太が気さくに助言をすると、

「ありがとうございます」

小四郎は頭を下げて、障子を閉めた。

物干し場の六平太は、念のためもう一度、着物をパタパタと打ち振った。


『市兵衛店』の路地には細かな雪が降り続けている。

流しの障子窓から外を覗いた六平太は、すぐに障子を閉めると長火鉢の前に戻って、手に提げた鉄瓶を火の熾きている五徳に載せる。

六平太が座った長火鉢の向かいには重兵衛が座って、両手に包んだ湯呑を口に運んでいる。

「しかし、朝からの雪は止みそうで止みませんな」

呟くように口にすると、重兵衛は湯呑を火鉢の縁に置いた。

六平太が重兵衛を伴って口入れ屋『もみじ庵』に行った日から二日が経った二月十

三日の午後である。

今日は朝から付添いの仕事はあったのだが、朝からの雪のせいで、依頼主から『もみじ庵』に外出の取りやめの知らせがあった。

路傍で客を待つ辻八卦を生業にしている重兵衛も、朝から家でくすぶっていたので、昼を過ぎてから茶に誘い、それから四半刻ばかりが過ぎた九つ半（一時頃）という頃おいである。

「しかし、雪にも拘わらず学問所へ行くなど、小四郎殿には感心しますよ」

「あれには、なんとしても学問をものにしてもらいたいと念じてます」

独り言のように声に出すと、重兵衛は照れたような笑みを浮かべた。

「いずれかの家中に仕官するより、学者になってもらいたいということかな。私塾や手跡指南所の師匠のような」

好奇心を覚えた六平太が軽い気持ちで問いかけると、

「何になって貰いたいというものはないのですが、ただ、武士にしがみつかなくとも良いように、いつの日か、積んだ勉学を生かすことの出来る道を進んでくれればと」

「武家はいやか」

六平太が笑顔で尋ねると、重兵衛はほんの少し間を置いて、

「秋月さんは如何です」

と、笑顔で切り返された。

「おれは、武家はいやだねぇ」

六平太が即答すると、重兵衛は「やはりそうでしたか」と呟き、二人は顔を見合わせて、小さく笑い声を上げた。

「義兄（にい）さん、音吉ですが」

外から音吉の声がかかった。

「お、入んな」

六平太が返答するとすぐ、音吉が若い男を伴って土間に入り込んだ。

「こりゃ、お客人で」

音吉が重兵衛に会釈をした。

六平太は、先月から隣りに住むことになった貝谷父子のことを伝え、重兵衛には、妹の亭主の音吉というのは、浅草十番組『ち』組の纏持ちだと話すと、

「茶を馳走（ちそう）になりまして」

重兵衛は気を利かせて、この場を引き上げて行った。

「義兄さん、北町の同心の矢島様からお聞きと思いますが、この人が、妹のお美乃（みの）さんを訪ねて上総から見えた条七さんでして」

六平太の前に膝を揃えた音吉が、横に並んだ二十代半ばくらいの若い男の素性を述

べた。

「おお。話は聞いてたから気にはなってたんだ」

そう言うと、鉄瓶の蓋を摘まんで湯加減を見た。

「湯が沸くのを待ちながら、その後の様子を聞きたいもんだな」

「へい。今日はそのつもりで参りましたんで」

少し改まった音吉は膝を前に進め、一昨日から、矢島新九郎の指示を受けた町役人や目明かしの伊作などが、洗濯屋『仙水』についての調べに奔走したと、話の口火を切った。

その甲斐があって、今朝早く、洗濯屋『仙水』の概要が判明したという。

親の代から始めた『仙水』を継いだのは釜五郎という、当年取って四十過ぎの男ということが分かった。

通いと住込みの女四人を使って、近隣の店や寺、武家屋敷から出る着物や法衣、褌、お店のお仕着せなどの洗濯を請け負っていたようだ。

その家業を突然やめたのは、一昨年の師走半ばというから、一年と二か月前のことだった。

山之宿六軒町の店も、釜五郎が住んでいた金竜山下瓦町の家も売って手放し、土地はその後買い手が更地にしており、釜五郎と奉公人たちの消息は忽然と消えたのである。

「ところが義兄さん、今日になって目明かしの伊作親分の働きで、釜五郎の居場所が分かったんですよ」

音吉がそういうと、横に座っていた粂七が相槌を打つように小さく頷いた。

目明かしの伊作の調べによれば、釜五郎は竪川の南岸、本所松井町二丁目の出合茶屋を買い取って、『うき舟』という屋号に替え、情婦に切り盛りさせているという。

「これから粂七さんと一緒に『うき舟』に行きますが、義兄さんもどうですか」

しかも、出合茶屋『うき舟』で新九郎と落ち合うことになっていると聞いた六平太は、音吉の誘いを受けることにした。


両国橋を本所に渡った六平太、音吉、粂七の三人は、回向院前で右に曲がり、竪川に架かる一ツ目之橋を渡るとすぐに左へ折れ、松井町河岸を東へと進んだ。

降っていた雪はいつの間にか止んで、三人は畳んだ傘を手にして六間堀川に架かる松井橋を渡った。

その小橋は、松井町一町目と二丁目を分ける川に架かっていて、渡った先の小橋近くに立っている出合茶屋『うき舟』はすぐに分かった。

建ってからかなりの年数を経たと思える数寄屋造りの二階家の表には、長暖簾の下がった板葺屋根の木戸門があり、その傍らには目明かしと思しき男と新九郎が立っていた。

「お待たせしましたか」

音吉が腰を折ると、

「おれたちもたった今来たところだよ」

新九郎が片手を打ち振った。

「義兄さん、こちらが花川戸から山之宿、瓦町あたりを受け持っておいでの伊作親分です」

音吉は、新九郎の後ろに控えていた四十半ばくらいの赤ら顔の目明かしを六平太に引き合わせた。

「矢島様や『ち』組の音吉さんから、お名は伺っております」

伊作は六平太に会釈をした。

「さて、入ろうか」

新九郎が口にすると、先に立った伊作に続き、『御料理　うき舟』と染め抜かれた暖簾を割って木戸門を潜った。

暖簾に『御料理』とあるのは、『出合茶屋』と記されていると、人目を忍んで逢引きしようという男女に気後れさせてしまうという配慮だと聞いている。

伊作が建物の戸を開けると、新九郎を先頭に男五人が、畳三畳ほどの広さの三和土へと入り込んだ。

三和土から一段上がった板張りには二階への階段があり、その脇に暖簾の下がった帳場らしい小部屋の入口があって、三十はとうに過ぎたと見える垂れ眼の女が、けだるそうな動きで姿を現した。

「あの」

何か言いかけた垂れ眼の女は、三和土に立った五人を見て、戸惑ったように口をパクパクさせる。

「主の釜五郎に聞きたいことがあるんだが、いるかい」

穏やかな声で伊作が尋ねると、

「あんたぁ」

垂れ眼の女が天井に向かって声を上げると、

「どうしたぁ」

廊下の奥から声を発しながら現れた男が、土間に立つ男たちに眼を丸くした上に、口を半開きにして立ちすくんだ。

着ている物の上から女物と思える花柄の着物を羽織った男は、眉毛の濃い、唇の分厚い、固太りの四十男だった。

「釜五郎だな」

　声を掛けた新九郎がさりげなく羽織の裾を動かすと、腰に差してある朱房の十手を見た釜五郎はごくりと生唾を飲んで、垂れ眼の女と共にその場に座り込んだ。

　安女郎屋の親父のような装りをした釜五郎には、数寄屋造りの出合茶屋を持つような嗜好があるとは思えぬ。

「お前が浅草でやっていた洗濯屋『仙水』に、美乃という住込みの洗濯女がいたな?」

「はい。おりました」

　釜五郎は、新九郎の問いかけに臆することなく返答した。

「ここにいる粂七さんは、そのお美乃さんの兄さんだよ」

　音吉が、粂七の体を釜五郎の方に少し押してやった。

「そりゃ」

　そんな言葉を口にして、釜五郎は粂七に向かって小さく頭を下げる。

「兄さんは、江戸のお美乃さんから一年以上も便りがないのを気にして上総から訪ねて見えたんだが、『仙水』も主のお前さんの消息も分からずに、途方に暮れたってことだぜ」

　新九郎が事の経緯を口にすると、

「それはそれは。一昨年の暮れに洗濯屋は廃業したんでございます」

釜五郎はよどみなく応える。

「それで、お美乃はどうなったんでございますかっ」

粂七が、板張りの釜五郎に悲痛な声を向けた。

「お美乃は、廃業する半月くらい前に『仙水』をやめてしまったんですが、そのことを上総の兄さんには知らせてなかったのでございますか」

釜五郎が三和土の男たちを窺うように見まわすと、

「知らせは――」

粂七は言葉を失い、ただ、首を力なく横に振った。

「いつも、なにごともきちんきちんとしていたお美乃が、お身内にも知らせずいなくなったとはねぇ」

呟くように言葉を洩らした釜五郎は、小さく首を捻った。

「お美乃は、『仙水』をやめて、どこへ行くと言ってはいませんでしたかっ」

粂七が縋りつくような声で尋ねると、

「おとき、お前、なんか聞いてたか」

横に座った垂れ眼の女に声を掛けた。

すると、ほんの少し思案したおときは、天井を向いて軽く唸ると、

「聞いた覚えはありませんですよぉ」

気の抜けたような声を出した。

釜五郎とおときの様子から、打つ手はないと見たのか、新九郎は首の後ろを片手で軽く叩いた。


二月も半ばを過ぎると、日の出の四半刻前くらいから白み始める。

朝晩の冷え込みがなくなるわけではないが、凍えることはほとんどなくなった。

日が昇ると同時に目覚めた六平太が、『市兵衛店』の井戸で顔を洗っていると、

「おはようございい」

珍しく早起きをした三治が手拭いを手に現れた。

「早いじゃねぇか」

六平太がからかうと、前々から世話になっているお店の若旦那から、「梅見に行くからついてこい」と言われたのだとぼやいた。

「梅見はそろそろ時季はずれだろう」

「あたしもね、そうは申したんですが、世間知らずの若旦那は聞く耳をお持ちじゃない。梅の花が無けりゃその木の下であたしにかっぽれを踊れなんて、恐ろしいことをお命じになるんですよ」

そう言いながら、三治は井戸に釣瓶を下ろす。

本所の出合茶屋『うき舟』に行ってから五日が経った、十八日の朝である。

妹探しを諦められない粂七は、もうしばらく、浅草の旅籠に逗留すると言っていた。

農作業に取り掛かる前のこの時期、畑仕事に携わる者は家の中で藁を編んだり、竹籠をつくったりするしかないので、家を留守にしても障りはないということだった。

「おはよう」

声を掛けて井戸に現れたのは、襤褸のような墨染の衣を纏い、頭陀袋を首から下げた修行僧の装りをした熊八である。

「おいおい熊さん、そんな装りで門付けしたら、誰も近づかねぇんじゃねぇかねぇ」

洗った顔を拭きながら、三治が、顔をしかめていうと、

「こんな法衣を纏っていた方が、人の哀れを誘いまして、銭も布施米も多く頂けるのですよ」

すました顔で答えた熊八は、手にしたお鈴をチリンと鳴らして表へと去っていく。

「おはようございます」

声を掛けた重兵衛が、茶碗や箸などを突っ込んだ鍋を抱えて現れると、すぐに釣瓶を井戸に落とした。

すると、風呂敷包みを手に提げた小四郎も近づいて来て、

「皆さん、おはようございます」

足を止めて六平太と三治に頭を下げた。

「お、おはよう」

六平太が慌てて声を向けると、

「朝早くから学問所とは、感心感心」

三治はしきりに首を動かす。

「弁当は持ったか」

「はい」

小四郎は風呂敷包みを軽く掲げて見せると、もう一度頭を下げて表へと足を向けた。

「倅の弁当まで作るとは、貝谷さんにも感心しますよ。ね」

三治に同意を求められたが、六平太は「あ。うん」と、上の空で返事をしてしまった。

「それじゃおれは」

三治と重兵衛に声を掛けて井戸を離れた六平太は、家の中に足を踏み入れると、土間から上がることを忘れたように、框に腰を掛けた。

三治に上の空の返事をしてしまったのは、重兵衛の我が子への尽くしようが、六平太にはいささか眩(まぶ)しかったからだ。

「秋月さんなら、いますよ」

三治の声がして間もなく、戸口の障子が開くと、忠七がぬっと顔を突き入れた。

「な、なんなんだい」

思いがけないことに、六平太は口籠ってしまった。

「昨日、何の前触れもなく、木綿問屋『信濃屋』の太兵衛さんが『もみじ庵』に見えましたよ」

土間に入り込んだ忠七が、息急き切ったように口を開くと、『信濃屋』からはこの先、人の世話も付添いの依頼も来なくなるかもしれないとまで訴えた。

「ちょっと待ってくださいよ」

六平太が落ち着かせようとしたが、忠七は聞く耳を持たず、

「太兵衛さんによれば、ご隠居のおっ母さんがこの前から、あの付添い屋はなんなんだとか、やけに秋月さんのことを口の端に上らせるというんですよ。あのご隠居様を怒らせたら、もう二度と『もみじ庵』に声は掛かりません」

「おれのせいか?」

「太兵衛さんに聞けば、秋月さんあなた、太兵衛さんを窘めたご隠居様に、こともあろうに諫めたというか、説諭といいますか、意見をなすったというじゃありませんか。太兵衛さんもれっきとした『信濃屋』の主で、三つや四つの子供じゃないから、外のことをいちいちご隠居様に知らせることはないとかなんとか」

「あ」

六平太の口から、思わず声が零(こぼ)れた。

忠七が口にしたようにきつい言い方をした覚えはないが、ご隠居に意見を述べたことは間違いない。

「『もみじ庵』に迷惑をかけちゃ済まないから、おれが『信濃屋』のご隠居さんに頭を下げてくるか」

六平太がお伺いを立てると、小さく唸って思案した忠七は、

「いえ、それはいけません。かえって火に油を注ぐことになります」

厳然と言い切った。そしてすぐに、

「秋月さん」

と、少し改まった忠七は、

「『信濃屋』さんが今後どうなさるか分かりませんが、最悪、『もみじ庵』とは手を切ると申し渡されることを覚悟しなければなりません。そのことは、秋月さん、肝に銘じておいてくださいまし」

静かにそういうと、戸を開けて路地へと出て行った。

四

夕刻間近の大川端西岸を、六平太は目明かしの伊作の下っ引きと共に浅草の方へ急いでいる。

『市兵衛店』に『もみじ庵』の忠七が現れた日のことである。

昼前に洗濯と掃除を済ませた六平太は、浅草御蔵前の飯屋で昼餉を摂った。

その帰り、行きつけの湯屋『よもぎ湯』に立ち寄って体を温め、男湯の二階で顔馴染みと何局か囲碁を打ってから『市兵衛店』に帰りついた。

そこへ、

「浅草山之宿六軒町にお出で下さい」

という新九郎の言付けを持って、伊作の下っ引きが駆けつけて来たのである。

大川端を急ぎながら下っ引きから話を聞くと、一年ほど前まで釜五郎が住んでいた家の跡地から、人骨が出たということだった。

釜五郎の家と、『仙水』の洗濯場と奉公人部屋のあった建物は、買い取った商人が取り壊して更地にしていたのだが、金竜山下瓦町の土地を借り受けた借主が鰻(うなぎ)屋を始める建物を建てるため、二日前から土を掘り起こし始めた矢先だったという。

人骨が出たのは、庭の隅に残してあった朽ちた稲荷の祠の近くだったようだ。

浅草に着いた六平太は、伊作の下っ引きの案内で、金竜山下瓦町の自身番に入った。

三畳の畳の間の奥の板の間には新九郎が居て、

「人骨の傍から出てきたのが、これらです」

目の前に広げた油紙に並べられた、艶のない毛髪、黒い小さな木の実、柄が窺える腐れかけた着物の布地、泥の付いた櫛を六平太に見せた。

「泥の付いた櫛には何かの模様が彫られていますが、どうも梅の花のようです」

奉行所の検死役人はこれらの物と一緒に出てきた人骨は成人の女のものと見て間違いないとの判断を下したことも明かした新九郎は、

「しかし、出てきたのが人骨と言っても、腐乱した肉の一部が付いている有様でした」

そう言って、眉をひそめた。

奉行所の検死役人が新九郎に語ったところによれば、地上に放置された大人の死体が白骨になるのは早ければひと月半から二月くらいだが、土中に埋められていれば、二、三年か、長ければ五年に及ぶこともあるということだった。

新九郎はそして、

「ボロボロになった袂の中から見つかった、この黒い小さなものは、無患子の実だと言ってました」

油紙に並べられた一粒の黒い木の実を指でさし示した。

「無患子というと、羽根突きに使う羽根に付いてるあの？」

「あの黒い玉ですが、この実を潰して手洗いに用いれば泡が出るものでして、着物などの洗濯にも使われているそうです」

「洗濯――」

呟いた六平太が顔を上げると、厳しい顔をした新九郎が小さく頷き、

「この亡骸は、骨だけになりきっていないことから、埋められてから二年も経っていないと考えられます」

とも呟いた。

「伊作です」

外から声が掛かり、上がり框の障子を開けた伊作が、年増女（としま）を伴って畳の間に入ってきた。

「矢島様、この人は、『仙水』が洗濯屋をやめるまで奉公していた洗濯女の一人で、おぎんさんです」

伊作が年増女を引き合わせると、新九郎は品々を載せた油紙ごと両手で持ち、畳の間へと移った。六平太も板の間から移って、新九郎の後方で胡坐（あぐら）をかいた。

「あたしを捜しておいでだったわけは、道々、こちらの親分から伺いましたよ。なんでも、『仙水』にいたお美乃ちゃんの消息捜しだそうで」

気のよさそうなおぎんは、はきはきとした口を利いた。

「お美乃のことはよく知ってるのかい」

「そりゃもう、あの子が十五で『仙水』に住込んだ時からですから、三年の付き合いになります。ですからね、あの子があたしに一言もなく『仙水』をやめて行くなんて思いもしませんでしたよぉ」

そういうと、おぎんは小さく「はぁ」と息を吐いた。

「『仙水』が洗濯屋をやめる少し前だと聞いたが」

「釜五郎の旦那が店を閉める半月ぐらい前だったように覚えてます」

おぎんが新九郎に答えた内容は、釜五郎の口から聞いたことと同じだった。

「すまねぇが、これらに見覚えがあるかどうか、ちょっと見てもらいたいんだが」

そういいながら、新九郎は櫛などの載った油紙をおぎんの近くに押しやる。

「あ、これは無患子の実ですね」

体を折って油紙に顔を近づけるとすぐ、おぎんが呟きを洩らし、

「この汚れた端切れは知りませんけど、この櫛の形はなんだか見たような気がしますよ。泥を拭っていいですかね」

おぎんに尋ねられた新九郎は、伊作を見て『やれ』というように、顎を動かす。

頷いた伊作が櫛を手に取ると、油紙の上で、まだ湿り気の残った泥を指で落とし始めた。

身を乗り出して伊作の手先を見ていたおぎんが、

「あっ、やっぱり梅の模様ですよ」

懐かしげな声を出した。

伊作が、泥を落とした櫛の片面を向けて新九郎の方に近づけると、梅の花が一輪、枝に咲いている模様が彫り刻まれているのが見えた。

「やっぱりっていうのは、なんだい」

新九郎が問うと、

「お美乃ちゃんが持っていた櫛とおんなじものですよ、これ」

そう述べたおぎんは、二年ほど前に、担ぎ商いの小間物売りから買ったものだとも断言し、新九郎に櫛を手渡した。

「ほら、一番端の櫛の歯が途中で欠けてるでしょ」

「確かに」

櫛の歯を見た新九郎は答えると、その櫛を六平太にも見せた。

「お美乃ちゃんはそれをあたしに見せて、小間物売りが安くしてくれたと喜んでましたよ。その小間物売りは、吾妻橋(あづまばし)から今戸橋(いまどばし)の間にかけて売り歩く貞二(ていじ)さんという名の気のいい男の人でしたけど、今でもこの辺りを売り歩いてるのを見かけます」

そう話したおぎんが、ふと首をかしげて、

「そう言えば、お美乃ちゃんがいなくなってすぐの頃だったたか、売り歩きの途中の貞二さんが、『仙水』の前の道を行ったり来たりする姿を、二日ばかり見かけたんですよ」

記憶を辿(たど)るように語った。

不審に思ったおぎんが事情を尋ねると、貞二はこの辺りで落とし物をしたとのことだった。

落とし物は何かと聞いたが、

「紙のような物だがね」

貞二はその時、曖昧な物言いをした気がすると、おぎんは述べた。

しかし、月が替わってしばらくしたら、貞二は捜し物のことはなにも言わなくなったものの、ため息を洩らす様子を見たことがあると話し終えた。

「わざわざすまなかったな。いろいろ助かったよ」

新九郎は礼を言うと、おぎんを引き上げさせた。

「秋月さん、この櫛や無患子をどう思われますか」

「そうですねぇ」

六平太は曖昧な返答をした。

すると、

「ここにある櫛のことを、兄さんの粂七に知らせた方がいいんですかねぇ」

新九郎の口から、思いあぐねたような声が洩れ出た。

その様子から、櫛や無患子とともに掘り出された遺骸は、お美乃のものだと推量しているのだと感じ取った六平太が、

「もう少しはっきりとしてからの方がいいでしょう」

そう返事をすると、新九郎は息を吐いて大きく頷いた。


六平太は、深川の寺に墓参に行くという老母と娘の付添いを朝一番で済ませた。

その後、不忍池に行くという娘たち三人に付添ったが桜の花はまだ早すぎて、そのおかげで日の高いうちに『市兵衛店』に帰ってきた。

半日ずつの付添いが二件で、実入りは合わせて二朱（約一万二千五百円）だが、気疲れのしない付添いだから、儲けものではあった。

金竜山下瓦町の自身番で、お美乃と共に『仙水』の洗濯女をしていたおぎんの話を聞いた翌日の八つ半（三時頃）という頃おいである。

路地の奥の我が家に足を向けた六平太は、留吉の家の戸口に眼を留めた。そこに、花をつけた桃の小枝が下がっていた。普段の留吉からは似合わない風雅さに、首を捻った六平太は、

「お常さん、いるのかい」

戸口から、留吉の女房の名を口にすると、中から戸を開けたのは留吉本人だった。

「なんだ、帰ってたのか」

「建前が早く終わったもんだから、さっきまでうとうとしてたところですよ」

留吉はそういうと、お常は晩の買い物に出かけていると言い添えた。

「いやぁ、留さんの家の戸口に桃の花を飾ってあるのが珍しいから声を掛けただけだよ」

六平太が事情を話すと、

「今日建前に行った家の庭に色鮮やかな桃の木がありましてね。見事ですねぇなんて話しかけたら、家の主が一枝持って行けと、自ら切ってくれたんですよ」

戸口から顔を突き出すと、留吉は満足げに桃の枝を見上げた。

「秋月様、おいででしたね」

井戸端に現れた伊作が、頭を下げながら近づき、

「昨日の件で、お話が」

と声を低めた。

「それじゃ、うちで」

答えた六平太は、「またな」と留吉に声を掛けると、路地の奥の家に伊作を案内した。

火の気のない長火鉢を間に向かい合って座ると、

「おぎんという洗濯女が話していた小間物売りの貞二に、昨日、会うことが出来ましてね」

すぐに伊作が口を開いた。

伊作は特段、貞二を捜そうとしていたわけではなかったが、花川戸町の下駄屋から出てきた担ぎの小間物売りを見た下っ引きが、

「あの男が貞二ですよ」

というので、事のついでに話を聞こうと、自身番の上がり框に腰掛けて話を聞いたということだった。

その時、貞二は、二年前に、梅の柄の彫られた櫛をお美乃に安く売ったことを覚えていると頷き、

「あのお美乃ちゃんは、いい子だったよ。おれが落とし物を捜し回ってた時は、小間物を売った大事なお金をって心底心配してくれたからね。あんな気遣いの出来る娘は

そうそういないよ」

お美乃を誉めそやしたという。

「貞二の探し物っていうのは、昨日、おぎんが言っていた紙きれのことかい」

六平太が尋ねると、

「はい。ところが、それがただの紙きれじゃありませんで、一昨年の十一月にあった浅草寺の富籤の当たり札だというんですよ」

声を潜めた伊作が、小さく頷いた。

富籤を買ったその日、貞二は、富札を家に置いて出るのを不安に思い、札の番号を別の紙に控えて神棚に載せると、富札は懐の財布に挟んで小間物売りに出掛けることにしたというのだ。

しかし、半月もすると、貞二は富札を買ったことを失念していた。

十一月が過ぎ、十二月の十日になろうかという頃、富籤売りの姿を見かけた貞二は、先月自分が富札を買ったことを思い出した。

家に帰って神棚に上げていた番号の控えを見ると、百五十両（約千五百万円）が貰える二等の当たり札と同じ『松の千五百二十四番』だった。喜び勇んで財布を取り出すと、挟んでいたはずの富札が見当たらない。

小間物を歩き売りしているときに、財布を出し入れしていて落としたに違いないと思った貞二は、いつも売り歩く道を何度も行き来したが、四日目には諦めたと、貞二は伊作に告白したのだ。

「諦めたとは」

「富籤の当たり札を金に換えられるのは、次の富籤の売り出しまでの間と決まっておりまして、貞二が富札捜しを始めて四日目には、次の富籤が売られ始めたというわけです」

「なるほど。それじゃ、その百五十両は誰の手にも渡らなかったってことか」

「それが、そうじゃねぇんです」

身を乗り出した伊作が、密やかな声で答えた。

貞二の富札紛失の件を聞いた音吉が、普段から交流のある浅草寺の知り合いに十一月の富籤では、二等の当たり札での換金は無かったのかと尋ねると、

「あった」

との答えが返ってきたというのだ。

音吉がさらに尋ねると、口外無用を条件に、「二等の富札で換金に現れたのは、金竜山下瓦町の釜五郎」だったと帳面に記されていたとの返事をもらっていた。

浅草寺によれば、大金の受け渡しは慎重で、大家か町役人が身元を請合って初めて、本人に金が渡されるということだった。

「金竜山下瓦町の釜五郎といえば、あの、出合茶屋の主になった釜五郎か」

　六平太が声を洩らすと、頷いた伊作は、

「そのことをお伝えしますと、矢島様も強い関心をお示しになりました」

　そう述べた。

「つまり、矢島さんは、釜五郎が慌ただしく家を売って浅草を引き払い、本所で家を買って出合茶屋の主に収まったのは、貞二が紛失した富籤が手に入ったからだろうとの推察だな」

　六平太が口にすると、

「それに矢島様は、そんな時分に突然、例のお美乃が姿を消し、釜五郎が持っていた土地から女の人骨が現れたことも気になると申しておいでで、夕刻の七つ半（五時頃）をめどに、本所の『うき舟』の釜五郎に会いに行くつもりだから、秋月様にも声を掛けてくれと申されましたので、お知らせに参ったわけで」

「分かった」

　六平太はすぐに腰を上げ、茶箪笥に立てかけていた刀を摑んだ。

五

『市兵衛店』を出た六平太が、伊作に案内されたのは、両国西広小路にある橋番所である。

六平太が『うき舟』に同行出来るかどうかの返答を持って、伊作は橋番所で待つ新九郎のもとに行くことになっていたのである。

「こりゃ、お出で下さいましたか」

板の間の火鉢を前に、橋番の男から茶の接待を受けていた新九郎が、伊作に続いて入った六平太を笑顔で迎えてくれた。

「乗りかかった船ですから、どんな岸に着くのか、わたしとしても気になるところでして」

六平太が土間の框に腰を掛けると、

「茶を差し上げましょうか」

橋番からお伺いをたてられたが、

「いや。のんびりしている気分じゃないんだ」

笑顔でやんわりと断わった。

「それじゃ、行きましょう。向こうには何も、七つ（四時頃）に伺うと知らせてるわけじゃありませんし」

新九郎は火鉢に手を突いて腰を上げた。

橋番所の外は、浅草寺の奥山と並びたつほどの歓楽地、両国西広小路である。日は既に西に傾き、あと半刻もすれば夕刻の賑わいが繰り広げられ、それは夜の帳が下りてから、さらに賑わいを増すのだ。

六平太は新九郎と並んで両国橋を本所へと渡り始めた。

伊作は、ついさっき駆けつけた下っ引きと並んで後に付いている。

橋を渡ると、『うき舟』のある松井町二丁目までは、四半刻の半分ほどで行き着いた。

長暖簾の下がった板葺屋根の木戸門を潜ると、伊作が戸を開けて三和土に足を踏み入れ、

「ごめんよ」

奥に声を掛けると同時に、新九郎と六平太も三和土に立ち、下っ引きが戸を閉めた。

廊下の奥から裾を引きずったおときが現れ、嫌な顔はしないものの、愛想のない表情で小さく会釈した。

「釜五郎に会いに来たんだが」

新九郎がいきなり口を開くと、おときは「あらぁ」と呟いて、その場に座り込み、

「うちの人は、ほんの少し前に出て行ったんだよ」

「どこに」

伊作が声を発すると、

「同じ本所のね、長崎町の小普請組のお旗本、久松鹿之助様のお屋敷に行きましたから、今夜は向こうに泊まりこむと思うがねぇ」

「釜五郎と旗本と、どういう繋がりがあるんだ？」

新九郎が尋ねると、「ええと」と口にしながら何度か首を捻ったが、

「よく分からなくてねぇ」

おときは、申し訳なさそうに小さく頭を下げた。

仕方なく『うき舟』を後にした男たちは、松井橋の袂で足を止めた新九郎に続いて六平太たちも立ち止まった。

「本所長崎町なら、ここから半里ほどで着きますよ」

梅見の付添いで亀戸天神にもよく行く六平太は、この辺りの道筋にも詳しい。

長崎町というのは、竪川を東に向かった先にある三ツ目之橋を渡り、交わった大横川を北へ進むと、その西岸にある。

「秋月さん、わたしら町方は、滅多なことでは武家屋敷には入れないんですよ。まし

てや、お調べの筋となると、追い払われるか、あとあと面倒なことになりかねません」

新九郎が言ったことは、かつて武家勤めをしていた六平太にはよく分かったことである。

「おれが屋敷に入ろうか」

「お願い出来ますか」

新九郎は六平太の申し出に身を乗り出した。

「釜五郎を呼び出して、おれが屋敷の外に連れ出せばいいんでしょう」

六平太は自分の役割を口にすると、小さく笑みを見せた。

新九郎をはじめ、六平太や伊作たち四人が、本所長崎町の旗本、久松家の屋敷に着いたのは、日が落ちて四半刻ばかりが過ぎた頃おいである。

屋敷近くに赴いたあと、どんな動きになるか分からないということで、四人は『うき舟』近くの蕎麦(そば)屋で腹ごしらえをしたのち、旗本屋敷へと足を向けたのだ。

木立に囲まれた屋敷は、夜の帳に包まれようとしていた。

「それじゃ、行ってくる」

六平太は開いている表門から屋敷に入ると、建物の式台を目指す。

すると、どこからか見張っていたのか、屋敷の者らしい二本差しの家士が式台に立って、

「何用か」

鋭い声を掛けた。

「出合茶屋『うき舟』のおときさんから、釜五郎がこちらだと聞いたんで、会いに来たんだが」

六平太がそういうと、家士は草履に足を通すと「こっちだ」と、先に立って建物の裏手の方に足を向けた。

建物の角を二度曲がると、微かに明かりの洩れる戸を開け、中に入るよう顎を動かした家士の指図に従うと、入ったところは広い土間にいくつもの竈を供えた台所だった。

土間から二尺（約六十センチ）ばかり高いところに、畳にして八畳ほどの板の間があり、奥へ延びる二つの廊下に挟まれるようにして、障子の嵌った部屋が二つあった。

薄明かりを映していた障子が開けられると、浪人と思しき装りの男が三人、刀を手にして板の間に出てきた。

「釜五郎の女房から聞いて来たと言ってるんだが」

六平太を顎で指した家士が、体格のいい総髪の浪人に囁くと、

「釜五郎を呼んでこい」

総髪の男に命じられた小太りの猪首の浪人が、左の廊下を奥へと急いだ。

案内した家士は台所を出、総髪と坊主頭の二人の浪人は板の間に胡坐をかいて、土間に立つ六平太を胡散臭げに眺めている。

六平太の耳に、廊下の奥の方から微かに、何か囁き合う声と「丁半揃いました」というような声が届く。

すると、ぱたぱたと別の廊下を踏む裸足の音が近づいて来て、着物をしどけなく乱した女が、二合徳利を手にして現れて板の間に置いてある酒樽の前で着物の裾をからげると片膝を立てて座り、

「あら、いい男」

紅を唇からはみ出させた顔で六平太を見てニッと笑いかけた。

六平太が軽く手を上げて応えると、女は樽の上に置いてあった片口を摑み、樽の栓を開けて酒を注ぎ入れる。

酒が溜まると、樽に栓をした女は片口に溜まった酒を徳利の口から注ぎ入れるが、時々、徳利の口からこぼれた酒が板の間に溜まっていく。

そこへ、ドタドタと足音を立てて現れた四十ばかりの男が、

「あんまり待たせるなよ」

酒を注ぎに来た女の片腕を摑んで立たせると、ふらふらと廊下の奥へと引っ張って行った。

すると、もう一つの廊下の奥から、猪首の男に従うようにして釜五郎が現れた。

「この浪人が、お前に用だってよ」

総髪の男がそう言ったものの、釜五郎は覚えていないのか、近づいて六平太を見ても小首をかしげるばかりだ。

「『仙水』の洗濯女のお美乃のことで、浅草の目明かしたちと『うき舟』を訪ねた者だよ」

六平太の言葉に、釜五郎はやっと気づいたらしく、小さな会釈を向けた。

「他に聞きたいこともあるから、すまないが、ちょいと屋敷の外までご足労願いたいんだがね」

「今夜は駄目だ。帰ってくれ」

釜五郎が不機嫌に言い放つと、

「そういうことだから、お前は出ていけ」

総髪の男は凄みを利かせると、ほかの二人と上がり框に並んで土間の六平太を睨みつける。

「釜五郎さん、頼むよ」

そう言うと同時に、六平太は釜五郎の羽織の裾に手を掛けて土間の方に引きよせようとする。

「この野郎」

口にした総髪の男は、一気に抜いた刀を上段から振り下ろす。

すると、裾を摑んでいた六平太の手の先で羽織が切り落とされて、釜五郎は勢い余ってばたりと板の間に腹から倒れた。

他の浪人二人も刀を抜くと、坊主頭の男が土間に飛び降りながら、振り上げた刀を六平太目掛けて振り下ろした。

六平太が横に飛んで坊主頭の脛(すね)を居合で抜いた刀の峰で叩くと、凄(すさ)まじい悲鳴を上げて土間に倒れ落ちた。

台所の騒ぎを聞きつけたものか、二つの廊下の奥から、家士や浪人数人が、わらわらと姿を現した。

その時、台所の戸板が音を立てて打ち破られ、十手を手にした同心と思しき役人たちと六尺棒を手にした鉢巻の捕り手十数名が、雪崩(なだれ)を打って押し入ると、浪人たちに襲い掛かって、屋敷は騒然となった。

三月の雛(ひな)祭りを前にして、例年、二月二十五日からは雛市が始まる。

その日まで、あと二日という日の午後である。

『市兵衛店』にいた六平太は、訪ねて来た新九郎に同行を求められて、本所松井町の『うき舟』に向かっている。

旗本の久松鹿之助の屋敷に行って、釜五郎を外に連れ出す役割だった六平太が、屋敷の家士や飼われていた浪人らの反撃を受けた日から四日が経っていた。

その日、久松屋敷の者を始め、賭場の胴元や客、客を取っていた遊女らが、押し込んだ役人たちによって一網打尽となった有様は、その場にいた六平太も目の当たりにしていた。

「屋敷に押し込んだ役人というのは、若年寄支配の目付の命によって、旗本御家人の動向の監察を専らとする徒士目付と小人目付だったんですよ」

本所へ向かう道々、話をする新九郎によれば、旗本の久松屋敷で密かに博奕が開かれていることも、遊女を置いて客を引き込んでいることも察知した目付の命で、半年前から内偵が進んでいたのだという。

六平太が入り込んだ日は、屋敷内での悪しき所業を察知した目付配下の者たちが捕縛に備えていた当日とぶつかったのである。

「昨日、牢屋敷での釜五郎のお調べに同席して、出合茶屋を始めた経緯などがいろいろと分かりましたよ」

新九郎が、歩きながら釜五郎に関する事の顚末を話し始めた。

古くなった本所の建物を買い取って、出合茶屋『うき舟』として店を始めたのは、一昨年の師走のことだという。

そして今年になると、『うき舟』の切り盛りをおときに任せ、釜五郎は遊びに精を出し、ついには久松屋敷の賭場にも通うようになったと白状した。

そのうち、当主の鹿之助と意気投合した釜五郎は、屋敷に置く遊女の数を増やしたいという鹿之助の求めに応じたのである。

集めた女というのは、『うき舟』に客を引っ張り込む夜鷹や、けころとも呼ばれる最下層の遊女だったが、釜五郎は鹿之助から遊女の儲けの三分を受け取っていたらしい。

「おい釜五郎、浅草寺の富籤で、お前が百五十両の金と引き換えた富札は、どこでどう手に入れたんだよっ」

牢屋敷でのお調べの途中、新九郎が問い詰めると、釜五郎は口数が少なくなったという。

さらに、金竜山下瓦町の更地から、お美乃の持ち物と無患子の実、女のものと思われる人骨が出たことを話すと、釜五郎の体が俄(にわか)に震えはじめた。

それを見た新九郎が、

「更地の祠近くから出た人骨は、お前が手に掛けたお美乃じゃねぇのか」

激しくぶつけると、釜五郎はがくりと首を折り、しばらく黙り込んだ後、ぽつりぽつりとお美乃との経緯を語り始めたのだった。

「一昨年の十一月でした。お美乃が、『仙水』の物干し場の植え込みの下で、浅草寺の名の入った紙きれを拾ったと、おれに見せたんです。見たところ富札だと分かりましたが、紙はところどころ泥で汚れておりましたから、だいぶ前に風に飛ばされてきたものだろうと思いました。それで、『仙水』の朋輩に聞いてみて、誰のものとも知れなかったら、竈に放り込んでおけと言ったんです」

釜五郎はそこで一息つくと、新九郎に話を続けた。

「その何日か後、お美乃は拾った富札を棄てなかったようで、この富札は当り札のようだと言うんです。どうも、時々『仙水』に洗濯物の法衣を持ち込む浅草寺の支院の寺男から、十一月の富籤の当たり番号の幾つかを聞かされたらしく、『この札が二等なんです』と、お美乃は、捨てていなかった富札をおれに見せたんですよ」

そこまで話した釜五郎の口は次第に重くなったと、新九郎は打ち明けた。

二等の賞金が百五十両と知った釜五郎が欲に眼がくらみ始めたことは、六平太にも容易に推察出来た。

新九郎が釜五郎から聞き出したことによれば、お美乃は当たりの富札を拾ったと、浅草寺に届けに行くと言い出したのだ。

　それを釜五郎が懸命に止めた。

　富札を金に換えて、二人で山分けしようと持ち掛けたが、純朴で律義なお美乃は首を横に振り、浅草寺に届け出ると頑なに言い張った。

　釜五郎はある夜、『用があるから来てくれ』と、金竜山下瓦町の家に呼び込むと、お美乃の首を絞めて殺し、裏庭の稲荷の祠近くにあらかじめ掘っていた穴に死体を埋めたと、自白するに至ったという。

「お役人様、心持ちが純というのは、怖いもんです。脅しや欲にも歯向かいやがるんですよ。お美乃はいい子過ぎました。だから欲にも転ばねぇ。それが怖かったんだ。大儲けなんか出来る当てのない洗濯屋をやめるいい折だったんだ。だから、百五十両を我がものにするにゃぁ、お美乃に生きてられては困ったんですよ」

　釜五郎は最後にこう口にしたと、六平太は新九郎から打ち明けられた。


　六平太と新九郎が『うき舟』の表に立つと、板葺屋根の木戸門には暖簾が下がっていなかった。

　先に立って出入口の戸を開けた新九郎が、

「ごめんよ」

声を掛けて三和土に足を踏み入れると、六平太も続いた。

家の中はしんと静まり返っていて、返答も聞こえない。

すると、廊下の奥の方から衣擦(きぬず)れの音が近づいて、覇気のない弱々しい動きで現れたおときが、崩れるように三和土近くの板張りに横座りをした。

「奉行所から、知らせは来たか」

新九郎の問いに、おときは首を折るようにして頷いた。

新九郎が上がり框に腰を掛けると、六平太は、おときを挟む形で腰を掛けた。

「うちの人はね、ここで出合茶屋を始めてから、時々ふっと、何かに怯(おび)えることがありましたよ。障子に映る人影とか、稲荷様の前を通る時なんか、なんだか避けたりしてさ。あれはなんなんだろうって」

そういうと、おときは「はぁ」と太く大きなため息を吐(つ)く。

「お役人様、『うき舟』はどうなるんですかね」

おときの口からは、依然、覇気のない声がする。

「遊女を旗本屋敷に斡旋して金を儲けていたんだ、釜五郎は死罪か遠島になる覚悟はしておくことだ。それに、この家も土地も、お上に召し上げられることになるな」

新九郎の答えに、

「あぁあ。田舎を飛び出して江戸に来た時とおんなじ丸裸になってしまうのか」

さらりと口にした途端、「あっ」と声を洩らしたおときは、両手を突いて立ち上がると、早い動きで奥へと消えた。

程なくして三和土の傍に戻って来ると、

「死んだお美乃の骨はどうなりますか」

おときは問いかけた。

「それだがね。浅草に留(とど)まっていた兄の粂七さんが、明日お骨を抱いて上総に戻るそうだから、菩提寺(ぼだいじ)に墓を建てるらしい」

六平太が、音吉から聞いた話を伝えると、

「間に合ったね」

呟いたおときが、懐から出した巾着を開けて片手を差し入れると、摑んだ小判を板張りに置いて、

「このお金で墓代にしておくれって、お美乃の兄さんに渡してくれませんか」

その金を六平太の方に押しやった。

「二十両以上もありそうだぜ」

六平太が困惑の声を洩らすと、

「なぁに、富籤で貰った百五十両のうち、五十両ばかりでこの家を買い、うちの人の散財で二、三十両は消えたから、残ったのは巾着の中のなん十両かだけ。あたしは、

残った金を元手になんとかしますよ。だから」

さらに、小判を六平太へと押し遣る。

「矢島さん、いいのかね」

六平太が尋ねると、新九郎は大きく頷いた。


『うき舟』を後にした六平太は、北町奉行所に戻るという新九郎とは両国橋の東広小路で別れて、大川の東岸を吾妻橋へと向かっている。

浅草の旅籠にいる粂七に、お美乃の死のわけを知らせる役も負っていた。

その時、粂七には、お美乃の死は二親には言わないよう釘を刺すつもりだった。

お美乃が殺されたことは伏せて、好いた男と上方へ行ったに違いないと、『仙水』の朋輩たちが噂をしていたとでも言って、嘘をつき通せと念を押すことに決めた。

そんな腹が決まると、六平太の足がほんの少し軽くなった。

第三話　父と子と

一

天保五年（一八三四）の春も大分深まっている。

桃の花が咲き始めているという話も耳に届いていた。

世上では、そろそろ始まる雛市のことも口の端に上っているようで、鎌倉河岸にある酒屋の豊島屋には白酒を求めて人が列をなしているという話も耳に入っている。

秋月六平太はこの日の朝早く、浅草元鳥越町の『市兵衛店』を出て、四谷の相良道場の朝稽古に加わった。

相良道場の稽古は、午前と午後に分かれている。

五つ（八時頃）に始まる朝の稽古には、武家の無役の次男三男、比較的楽な勤めの子弟が通い、午後の稽古には、勤めを終えた武家の惣領が多く駆けつける。

六平太は、朝の稽古に立ち会って、若い門人たちの相手を務めた。

一刻（約二時間）の稽古を終え、道場の台所にある囲炉裏端で、下男の源助が淹れてくれた茶を飲んでいると、門人の沢田庄助が現れ、

「師範代に、折り入ってお伺いしたいことがあります」

幾分、改まった物言いをした。

框に腰を掛けていた源助が、気を利かせて立とうとすると、

「源助さん、気遣いは無用ですよ」

庄助が慌てて声を掛けた。

源助は軽く頭を下げ、浮かしかけた腰を框に戻した。

「おれに聞きたいことっていうのは、なんだ」

六平太が話を向けると、

「かれこれ二十日ほど前の、二月七日ですが、師範代は江戸橋広小路の辺りを通り掛かられた覚えがおありでしょうか」

庄助は、六平太の顔を窺った。

「七日というと——お、初午か」

「はい。神田から出た火で大火事になったその日ですが」

「おぉ。うん。その日、江戸橋の辺りを通ったな」

六平太は、その日のことを思い起こそうとするように天井に眼を向けた。

「あの日はいろいろあって」

独り言を口にした六平太は、稲荷詣のついでに、浅草に住む倅と孫に会いに行った老夫婦の付添いをしたことを思い出した。

その老夫婦を日本橋本小田原町に送り届ける帰途、とんでもないことが起きたのだ。

神田から出た火事騒ぎで、表通りを進むのは剣呑と分かり、口入れ屋『もみじ庵』で顔なじみになった男たちの力を借りることにした。

老夫婦を乗せた大八車を男たちに曳いてもらい、一旦、八丁堀へ渡ってから、様子を見ながら本小田原町に向かうことにしたのである。

だが、火事から避難する人や野次馬が通りでぶつかり合い、どの道も動きが取れなくなってしまった。

六平太と老夫婦を乗せた大八車も、日本橋川に架かる江戸橋の広小路で動けなくなってしまったのだ。

そんな時、六平太は、広小路近くの小路で悶着が起きているのを見つけた。

武家の女乗り物に従う侍や侍女の一行が、ならず者たちに言いがかりをつけられて対応に困惑していたのである。

六平太がそこまで話をすると、

「その女乗り物の一行の供揃えは、どのような」

　身を乗り出した庄助から問いかけられた。

「供揃えというほどの供じゃなかったな。ええと、乗り物の周りには、確か、五十を過ぎた侍と若い家士が二人、二十は超えた侍女らしいお女中が二人、それに挟箱持が居たような気がするが」

「その一行の難儀を、秋月様がお助けになりませんでしたか」

　庄助がさらに身を乗り出した。

「助けるというか、見るに見かねて、ま、ならず者たちを追い払っただけだ」

「やはり、秋月様でしたか」

　得心のいった声を発した庄助は、

「名を聞こうとしたら、助けたご浪人は、いずこかへ去って行かれたとのことでして」

　と口にすると、何度も頷いた。

「庄助は、あの女乗り物と関わりのある家中か」

　六平太が問いかけると、

「はい」

　庄助は背筋を伸ばして頷いた。

「しかし沢田さん、名を聞き損ねたというのに、どうして秋月様だと思われたので？」

源助が、不思議そうに首を傾げた。

「供をしておられた当家の用人が、どこからかの『秋月さん』とか『六平太の旦那』という男の大声に応えて、助けてくれた浪人者はその場を去って行ったと話しておられましたもので、あるいはと思いまして」

庄助の話を聞いて、その日の出来事が六平太の脳裏にはっきりと蘇った。

老夫婦を大八車に乗せて曳いてくれたのは、『もみじ庵』の仲間の佐平や千造、末吉たちだった。

江戸橋の手前で大八車を止めていた佐平たちから、先に進めるとの声が掛かって、六平太は名乗ることもせず、広小路へと向かったのだった。

「それで、庄助はどこの家中だったかな」

「下総国、関宿藩久世家のお抱屋敷で、小納戸方を務めております」

返答した庄助は、

「お助けいただいた一件は、また改めることとして、今日のところはこれにて失礼いたします」

一礼して腰を上げ、道場へ通じる廊下へと出て行った。

午前の稽古を終えた後、相良道場の下男の源助から茶のもてなしを受けた六平太は、四半刻（約三十分）ばかりしてから四谷を後にした。

春とは言え、しばらく歩くと真上から射す日の光が頭を熱くする。

四谷御門を通って、麹町の通りに足を踏み入れたところで、六平太は急ぎ、手に持っていた菅笠を付ける。

半蔵門に通じる大通りは日除けになるものはほとんどなく、笠なしでは照り返しが眼を射す恐れがあった。

半蔵門の手前で左に折れた六平太は、半蔵堀、千鳥ヶ淵と、城の堀に沿って進み、鎌倉河岸へと至った。

道場を出た時から、神田岩本町の口入れ屋『もみじ庵』に立ち寄るつもりになっていたのだ。

鎌倉河岸から神田岩本町までは、たいした道のりではない。

竜閑川に沿って真っ直ぐ東へ向かえば、小伝馬町の牢屋敷裏に行き着く。

牢屋敷の東端の四つ辻を左へ折れて神田堀を渡った先に岩本町はある。

「ごめんよ」

隅の方が少し色褪せた臙脂色の暖簾を割って障子戸を開けた六平太は、土間に足を踏み入れると同時に声を掛けた。

だが、土間の框にも板張りの帳場にも人の姿はない。

帳場机の脇に置かれた火鉢にかかった鉄瓶からゆらゆらと立ち上る湯気から、店は開いているのだと分かる。

どこもそうだが、日雇いの仕事を貰(もら)いに来る者たちで口入れ屋が混み合うのは、早朝である。昼のこの刻限は、いつもひっそりとしている。

「いないのなら、又にするぜ」

板張りに片手を突いて帳場の奥の方に声を掛けてみたが、応答はない。

出直すか——六平太は腹の中で呟(つぶや)くと、体を表へ向けた。

その時、

「秋月さんでしたか」

板張りに現れた忠七(ちゆうしち)が、弱々しい声を洩(も)らした。

「返事がねぇから、蕎麦(そば)屋にでも行こうかと思ったところだよ」

六平太が皮肉交じりにそういうと、

「朝から、腹の具合がよくないもんですから、厠(かわや)にちょこちょこと」

腹のあたりを両手で押さえて、火鉢の脇に膝を揃(そろ)えた。

「しかし、帳場を離れちゃ不用心じゃないか」

「仕方ないんですよ、時々しくしくと痛み出すものですから」

忠七はそういうと、はぁとため息をつき、

「それで今日は何か」

気のない問いかけをした。

「おれに、付添いの口が掛かってないかを聞きに来たんだが」

「ありません」

忠七からは即座に返事があった。しかし、特段、機嫌が悪いという物言いではない。

腹の具合がよくないせいだと思える。

「付添いのことは承知したが、例の木綿問屋『信濃屋』の様子はどうなんだ」

「『信濃屋』さんの様子と言いますと」

忠七が訝し気な面持ちで六平太を見た。

「正月の年礼回りで付添いをした『信濃屋』だよ。二月になってから、主の太兵衛さんに呼ばれて通二丁目に行ったら、隠居した先代の主と会う羽目になったって話をしたじゃないか。その先代というのが、太兵衛さんの実のおっ母さんでさぁ」

「あぁ、はいはいはいはい」

思い出した忠七は、そんな声を上げて何度も頷いた。

後日、六平太と先代が顔を合わせた時の様子を太兵衛から聞いた忠七は、母親のおすげを怒らせたら大ごとになると怯えたのだ。

しかも、その怒りの元は六平太にあるとも口にしていた。

年明けの正月、太兵衛の年礼回りのお供をした六平太は、その帰途、同じ年礼回りの途中と思しき商人主従が、数人の破落戸に囲まれている所に行き合せた。

年礼回りには、年玉の扇子や塗りの箸など、相手方に渡す品々を持参するのだが、破落戸どもは、売れば値の張るその品々を狙うと聞いている。

六平太が止めに入ろうかと太兵衛にお伺いを立てていた時、笠で顔を隠した小柄な侍が止めに入った。

棒切れを手にしたその侍は、破落戸どもが敵う相手ではなかったが、匕首を手にしたのを見て、六平太は侍に加勢して破落戸どもを退散させたのだ。

「余計なことであった」

加勢したことを冷ややかな声で非難された六平太は、切裂かれた侍の菅笠の内に女の顔があるのを見つけた。

その女剣士は、六平太が戸惑っている間にその場を立ち去ったのだが、難儀を助けられた商人は、六平太と同行の太兵衛に礼を述べた。

相手に名を聞かれた六平太は、気にするなと答えたが、その時、太兵衛がお店の屋号と自分の名を口にしていたのだった。

月が替わった二月、六平太が出向いた『信濃屋』で、母親のおすげは人の難儀を助けた一件をどうして知らせなかったのかと、主である太兵衛の迂闊さを叱ったのである。

その件を知らされていなかったので、助けられたお礼に来た相手にろくな対応が出来なかったではないかというのが、怒ったおすげの言い分だったのだ。

ところが、

「しかし太兵衛さんも、れっきとした『信濃屋』の主です。三つや四つの子供じゃあるまいし、外のことをいちいちご隠居さんに知らせなくてもいいとは思いますがねぇ」

その場にいた六平太は、太兵衛を庇ったのである。

そのことがあってから、『もみじ庵』にやってきた太兵衛が、

「おっ母さんが、あの付添い屋はなんなんだとか、やけに秋月さんのことを口の端に上らせる」

のだと告げたことで、忠七は不安に駆られていた。

そして、こともあろうに、ご隠居を諫めたとも説諭したとも六平太を非難すると、

「最悪、『もみじ庵』とは手を切ると申し渡されることを覚悟しなければなりません」

とまで口にして、先日来、忠七は得意先を失うことに戦々恐々としていたのである。

しかし、木綿問屋『信濃屋』からは、今日まで何も音沙汰はないと、忠七はいう。

「あの太兵衛さんが、『もみじ庵』との付き合いをやめるなんて言うとは思えないが

ねえ」

　六平太が小首をかしげると、

「ですから、わたしが恐ろしいのは太兵衛さんじゃなく、あのご隠居様だとこの前から言ってるじゃありませんか」

　忠七が軽く眼を剝いた。

「それじゃ、忠七さん、腹を大事にな」

　片手を上げて辞去の合図を送った六平太は、そそくさと『もみじ庵』の土間から表へと出ると、すぐに菅笠を付けた。

　刻限は九つ半（一時頃）を過ぎた頃おいで、頭上からの日射しは熱さを増している。

　六平太の足は神田川の方へ向いており、昼餉の蕎麦を手繰ってから浅草元鳥越町の『市兵衛店』に向かうつもりになっていた。

　松枝町代地と竜閑町代地の間の通りを抜けたところが、神田川南岸の柳原通で、川の土手は柳原土手と言われている。

　通に出た六平太は下流側に架かる新シ橋へ向かうべく、右へ曲がりかけた足をふと止めた。

　新シ橋よりひとつ上流に架かる和泉橋の袂近くに屯している四、五人の男たちが眼に入ったのだ。

男たちの崩れた装りや姿形は、強請りやたかりを繰り返して町中を這いまわっている破落戸の一団に相違なかった。

破落戸の一人は警戒するように、辺りを窺っている。

四人の男どもが取り囲んでいる中に、高さ二尺（約六十センチ）ばかりの見台を前に木箱に腰掛けた浪人がいて、傍らには『易』と記された幟が立っていた。

『市兵衛店』の住人になった貝谷重兵衛が、仕事にしている辻八卦の場所を、近頃は主に柳原土手にしていると言っていたのを思い出して、六平太は急ぎ和泉橋の方へ足を向けた。

辻八卦の台を取り囲んでいる破落戸たちと浪人らしい男が言い合いをしている様子が見て取れた直後、いきなり二人掛かりで浪人を押さえつけて動けなくすると、一人の男が浪人の懐から巾着を摑み取り、一斉に和泉橋を渡って焼け跡の残る神田佐久間町の小路へと逃げ去った。

腰掛から立ち上がって、茫然と男たちを見送った浪人は、重兵衛だった。

重兵衛の方に歩み出そうとした時、新シ橋の方から足早にやってきた羽織袴姿の侍が三人、六平太の目の前を急ぎ足で横切った。

すると、行く手に立っていた重兵衛が、慌てた様子で饅頭笠を被った。

三人の侍が通り過ぎると、重兵衛は急ぎ『易』の幟を外し、見台を片づけ始めた。

行く手の柳森稲荷に差し掛かったところで、侍の一人が足を止めて、見台を片付けている重兵衛の方を不審そうに見た。

連れの二人に何事か話しかけられた侍は、思案げに何度か首を捻っている。

その間に片付けを済ませた重兵衛が、慌ただしく和泉橋を渡って道の奥に姿を消した。

柳原土手の辻番所の陰から様子を見ていた六平太は、ゆっくりと柳原通に出て、新シ橋の方へと足を向けた。

二

六平太は、人の声に起こされて目覚めた。

搔巻から首を出して辺りを見回したが、人の影はない。

夜は明けたらしく、雨戸の隙間から洩れた明かりが障子に映っていた。

空耳か——内心で呟いた六平太は、搔巻を着込んで床から出ると、障子を開け、続いて雨戸を一枚開けた。

すっかり夜は明けていたが、日の出前である。

六つ（六時頃）まで、あと四半刻ばかりという頃おいだろう。

四谷の相良道場で稽古をした日の翌朝だった。

「おやめください、父上」

隣りに住む小四郎の鋭い声が、路地に轟いた。

「わたしのことより、ご自分の体のことを心配してください。今日はもう、朝餉の仕度などしなくてもいいじゃありませんか」

「そうはいかぬ」

小四郎に反発した重兵衛の声には、力がなかった。

障子を閉めた六平太は、着ていた掻巻を脱ぐと、長押の衣紋掛けに吊るしていた綿入れの長半纏を羽織って、階段を下りる。

二階の寝間から下に降りた六平太は、流し台の木枠に掛けていた手拭いを取って肩に載せると、下駄に足を通して路地へ出た。

隣家の重兵衛父子の家の戸口には、大家の孫七と大工の留吉の女房のお常が立って、気遣わしげに中の様子を窺っている。

「親子喧嘩か」

六平太が声にすると、

「そりゃそうなんだけど、小四郎さんの声があんまりにも必死なもんだから気になってさぁ」

お常が眉間に皺を寄せた。

「貝谷さん、開けますよ」

中からの返事も聞かず、六平太が戸を引き開けた。

すると、袴を穿いて突っ立った小四郎の足元に、肩を落とした重兵衛が胡坐をかいていた。

「いったい何ごとですか」

土間に足を踏み入れて六平太が問いかけると、

「昨夜から熱があるのに、朝餉の仕度をするというものですから」

小四郎が答えた。

「学問所に行くのに、弁当を持たせなきゃなりませんので」

胡坐をかいた重兵衛から、そんな言葉が出た。

「そんなことはやめてくださいと言ってるじゃありませんか」

「腹を空かしては、学問に集中できぬではないか」

重兵衛は、依然として弱々しい声で反発する。

「わたしのことより、ご自分の体のことを考えてくださいと言っているのがお分かりになりませんかっ」

小四郎が叱責に近い声を上げると、

「そりゃ、小四郎さんのいう通りだよ」

そう言って、外から覗いていた孫七とお常を押し分けて留吉が土間に入り込んだ。

「米を研がねば」

そう呟いた重兵衛が腰を上げ、土間に下りた途端よろけて、框に手を突いた。

「その米を研がねば」

流しを指さして立とうとするが、重兵衛の体には力が入らない。

六平太が流しに置かれた釜を覗くと、生の米が入れてあった。

「貝谷さん、米研ぎなんか無理ですよ」

「しかし」

六平太の申し出に逆らうように立とうとする重兵衛を、膝を突いた小四郎が背後から押さえ、

「熱があるのに、朝餉の仕度をすると意地を張るので、さっきの言い合いになったのです」

悔しげに唇を噛んだ。

「弁当もなく学問所に行っても、腹を空かせては身に付かぬ。頭に入らぬ」

「そんな気遣いは無用だと言っているのです。朝餉や昼餉を摂れなくてもわたしは我慢できます」

「お前がそのように我慢していると思えば、わたしとしては——」

そこまで口にすると、重兵衛は、大きく息継ぎをした。

「貝谷さん、父親のあんたが無理をする姿を見る小四郎さんの心中を察することだよ。学問所に行ったところで、気懸りになって、かえって落ち着かなくなると思いますよ」

六平太は、穏やかな物言いをした。すると、

「そうだよ。秋月さんのいう通りだ。病気のあんたが意地を張れば、小四郎さんの学問の邪魔をすることになるじゃないか」

「お常、よく言った」

いきなり声を張り上げた留吉が、

「貝谷さん、小四郎さんには、うちのかかぁが結び飯を作って持たせるから、あんたはもうこれ以上がたがた言っちゃならねぇ」

芝居の喧嘩場のような啖呵を切った。


貝谷家の一階は、日の光に満ちている。

昇った朝日が戸口の障子を輝かせ、その輝きが部屋中に広がっているのだ。

先刻、五つ（八時頃）を知らせる鐘の音がしたが、どこで撞かれた時の鐘かは判断

がつきかねる。

浅草元鳥越町の周辺には、日本橋本石町、上野東叡山、浅草寺の時の鐘があるから、風向きによって、届く鐘と届かない鐘があるのだ。

「これは、お二方はまだ居られたか」

掻巻を上掛けにして、仰向けに横たわっている重兵衛が、胡坐をかいて座っている六平太と、土間の框に腰掛けたお常を見て声を掛けた。

「いや、小四郎さんが長屋を出た後、貝谷さんが眠ったから、おれたちは一旦引き上げてたんですよ」

そういうと、六平太は日の出前の親子喧嘩のその後について口を開いた。

留吉が啖呵を切った後、大家の孫七や六平太の勧めに素直に従い、重兵衛は布団に横たわって寝入ったのである。

熱のある重兵衛のために、孫七は薬湯を作りに家に戻った。

普請場に行く留吉を送り出したお常は、家に戻って結び飯を作り、学問所に行く小四郎に弁当として持たせた。

その後、六平太も朝餉を摂り、洗濯も済ませた後、お常とともに重兵衛の様子を見に貝谷家に入り込んだばかりだと、横になっている重兵衛に顚末を述べた。

「朝から、お騒がせして申し訳ない」

重兵衛の口から詫(わ)びの言葉が出た。

その枕元には、孫七が先刻おいて行った薬湯の入った土瓶と湯呑(ゆのみ)がお盆に載せられている。

「貝谷さん、困った時は住人を頼ればいいんですよ。銭金は駄目だけど、飯を都合してくれ塩を借りたいと頼めばいいんです。味噌(みそ)が足りない酒がないなんて時でも、なんとでもしてやるのが長屋の付き合い方なんですよ」

お常が言ったことは、浪人になって長屋住まいを十六年も続けている六平太にはよく分かることだった。

「武家勤めをしていたお侍は、困った時は妙に見栄(みえ)を張るから嫌なんだよ。けど、秋月さんには張るような見栄なんかありませんけどね」

そういうと、お常は「くくく」と含み笑いをした。

「お常さん、秋月さん、今朝は倅に、妙な意地を張ってしまいました。申し訳ない」

「これからは、困った時は遠慮なく言ってくださいよ」

笑いかけたお常は腰を上げ、

「秋月さん、湯が沸いたら、茶を淹れて持って来ますから」

そう言って路地へと出て行った。

近くの寺の法事なのか、木魚の音とともに経を読む声が微(かす)かに届いている。

「小四郎さんの学問所で物入りなのは分かるが、貝谷さん、働きすぎじゃないのかな」

「それほどのことは――」

重兵衛はやんわりと打ち消した。

「しかし、熱を出したというのも、日頃の無理が祟ったということじゃないのかねぇ」

「いえ」

小さな声を出した重兵衛は、ふうと息を吐いた。

「実は昨日、柳原通で破落戸どもに金を取られたのを眼にしたんだよ。駆けつけようとした時には、連中の逃げ足は速くてね。だが貝谷さん、どうして歯向かわないんです」

六平太の物言いには非難の響きはない。

単に、素朴な疑問を投げかけただけである。

天井に眼を向けていた重兵衛は、ひとつ大きく息を継ぐと、

「小四郎を一人前にするのが、自分の務めなんですよ。そのためには稼がなければなりません」

「ならば、巾着を取られようとした時、どうして腰の刀を抜いて抗わなかったのですか」

六平太は、依然、静かに問いかける。

「そこで抗って、わたしの身に何か起きれば、小四郎の学問や暮らしの障りになります。倅はまだ一人で生きる術を持ち合わせておりません。ですから、要らぬ揉め事は避けたいのです。つつがなく過ごさねばならないのです」

淡々とした重兵衛の言葉に、六平太は返す言葉がなかった。

～鍋え、釜ぁ、鋳かぁけえ～

表通りの方から、鋳掛屋の呼び声が微かに届いて、やがて、消えた。

「あれの母親は、小四郎を生んで三月後に死にました」

重兵衛が、前触れもなく、口を開いた。

「我が子の成長した姿を見ることなく、死にました。ですからね、ひとかどの人物に育て上げ、その姿を母親の墓前に立たせてやらなければならんのです。それが、わたしの務めだと――」

そこで重兵衛は息を吸った。

「秋月さん」

路地から、三治の声がした。

「おれは、隣りだ」

声を出すと同時に土間の下駄に片足を乗せ、戸を引き開けた。

表には、若竹色の羽織の上から襟巻をした三治が揉み手をしていた。

「なんだよ」

六平太が声を掛けると、

「相済みませんが、ちょっと、表通りの鳥越様までおいで願いたいんで」

三治が、殊勝な顔で頭を下げた。

「分かった」

そういうと、改めて下駄を履いた六平太が重兵衛に、

「おれはちょっと表まで行って来ますよ」

そう告げた。

「どうぞ」

重兵衛の返事を聞いて、六平太は路地に出て戸を閉めた。

「お常さん、おれはちょっと、鳥越明神に行って来るから」

六平太は、留吉の家に一声かけてから、三治と共に鳥越神社の方に向かった。

「三治お前、朝帰りだったのかよ」

「違いますよぉ。これからちょっと行くところがありましたんで、長屋を出たところ、鳥越様の境内で妙なものを眼にしたもんですから。ほらあそこ」

小道で足を止めた三治が指をさしたのは、鳥越明神の境内の中だった。

三治の指の先を辿ると、社殿の階に腰掛けている小四郎の姿があった。

「なにしてんだ」

六平太の口から呟きが洩れた。

「でしょう。今朝早く、朝餉の仕度のことで親子喧嘩が起きたことは耳にしてました し、あの子がお常さんの作った弁当を持って深川の学問所に出掛けた様子も、この耳に届いてましたから、妙だなと思ってお知らせに引き返したわけでして。では」

「お前はどこに行くんだよ」

「わたしはちょいと、深川へ」

「お前も学問所か」

六平太が茶々を入れると、

「お紋ちゃんに呼ばれてましてね」

そういうと、三治は相好を崩した。

お紋というのは、深川の料理屋『村木屋』の娘である。

先月祝言を挙げた木場の材木商『飛騨屋』の登世の発案で出来た、未婚の女たちの集まり『いかず連』の一員でもあった。

三治が、そのお紋と去年あたりからいい仲になっていたことを、六平太は知っている。

「それじゃ」

手で軽く額を叩いた三治は、ちゃらちゃらと雪駄の音をさせて表通りへと歩き去った。

境内に足を踏み入れた六平太は、ゆっくりと社殿へと足を向けた。

近づく気配を察したのか、階に掛けたまま、小四郎が顔を上げた。

「学問所には行かなかったのか」

六平太の問いかけに頷いた小四郎の傍には風呂敷の包みが置かれている。その中には、本や筆などと一緒に、お常が持たせた結び飯もあるのだろう。

「いやなのか」

「行く気が起きないのです」

六平太の更なる問いかけに、小四郎は重い口を開いた。

「父が、二人の暮らしを立てるために働くというのなら得心が行くし、学問をやめて働くつもりです。でも父は、わたしの学問のために昼夜働いているのです。その挙句に体を悪くするようなことになれば、おめおめと学問などしていていいのかとも思うのです。父の体を疲れさせ、弱らせてまで学問を続けてよいのかと」

そういうと、小四郎は顔を俯けた。

六平太はいうべき言葉が見つからず、小四郎と少し間を空けて階に腰掛ける。

「いつだったか、学問所に行かない日には、わたしも働きに出たいと申し出たことがありました」

　そう打ち明けた小四郎に、

「うん」

　六平太は小声で頷いた。

「父はただ、余計な心配をするなと言いました。お前は学問だけに励めばいいと——そんな父の思いが、わたしには、いささか重すぎるのです。ありがたいのですが、苦しいのです。わたしの行く末に思いを馳せて語る父の顔が、時々、鬼に見えることがあります。このままでは、いつか父を憎むことになるのではと、不安になるのです」

　心中を明かした小四郎に、六平太が眼を向けた時、二人の足元の階で葉洩れ日が揺れた。

　見上げると、頭上に張り出していた楠の枝がさらさらと葉擦れの音を立てていた。

　足元に眼を戻したものの、六平太は、小四郎に掛ける言葉がなかった。

　重兵衛の思いも分かるし、小四郎の胸の痛みも分かるのだ。

　なにをどう言ってやればいいのか、六平太は思いあぐねてしまった。

　ため息をついて横を見ると、小四郎の顔がふと穏蔵と重なってしまった。

　顔立ちなどは全く違うのだが、年が近い。

穏蔵も今年、十六になったのだ。

そんなことを思いめぐらせた途端、音羽の小間物屋『寿屋』の娘との仮祝言を挙げる話が持ち上がり、穏蔵から、どうしたらいいかと問われた時のことを思い出した。

「あれこれいう立場ではない」

穏蔵から問われた時に、突き放したような物言いをしてしまったことが、今になって六平太の胸をズキリと疼かせていた。

穏蔵は六平太の子ではあるが、穏蔵本人も周りの多くの者もそのことは知らない。

「これから、どうするつもりだ。昼前に帰れば、お父上の不審を買うぞ」

六平太はやっとのことで、口を利いた。

「これから、上野東叡山の辺りを歩きます。昼時になったら、お常さんからいただだいた結び飯を食べて、学問所のお師匠様の都合で早く帰ることになったことにして、長屋に戻ります」

小四郎の口から、もっともらしい口実が語られた。

六平太は、ただ黙って頷いただけである。

三

音羽の目白坂を並んで下る六平太とおりきの背後から、鐘の音が追いかけてきた。八つ（二時頃）を知らせる目白不動の時の鐘である。

今朝、浅草元鳥越の鳥越明神で小四郎の心情を聞いた六平太は、『市兵衛店』に戻ると妙に落ち着かず、思い切って音羽に行くことにしたのだった。

着替えを済ませると、床に就いた重兵衛の世話をお常に頼み、浅草元鳥越を後にしたのである。

それから一刻足らずで、昼前の音羽に着いた六平太は、その足を桜木町にある毘沙門の甚五郎の家に向けた。

「『寿屋』の娘との仮祝言をどう思っているのか、直に穏蔵に会って、その心底を聞いてみたいのだが」

折よく家にいた甚五郎に思いを告げた六平太は、小間物屋『寿屋』の主、八郎兵衛に話を通して、穏蔵と会う算段をしてもらいたいと頭を下げたのだ。

六平太をそんな気にさせたのは、父親とのことで悩みを抱えていた小四郎の胸中を知ったからに他ならない。

六平太が関口駒井町のおりきの家に行って待っていると、四半刻ほど前に甚五郎の使いがやって来て、

「八つに、穏蔵が一人で桜木町の親方の家に来ることになりました」

との知らせをもたらしたのである。

六平太は、髪結いの仕事を昼過ぎに終えて帰っていたおりきに同行を頼んだが、

「どうしてわたしがついて行かなきゃならないんですよ。いやですよ、わたしは」

おりきから断わられてしまった。

だが、六平太がしつこく懇願すると、一旦断わったおりきも同行を承知したので、八つの鐘が鳴り始めるとすぐに家を出て、目白坂を下っていたのである。

おりきの家から桜木町までは、坂道を少し転がれば着くくらいの道のりである。

六平太とおりきは、八つの鐘が撞き終わる前に甚五郎の家に着いた。

毘沙門の若者頭の佐太郎の案内で、二人が庭に面した奥の部屋に通されると、そこにはすでに穏蔵がいて、甚五郎と向かい合っていた。

六平太とおりきが、湯気を立ち昇らせる鉄瓶の掛かった火鉢の近くに膝を揃えると、穏蔵が軽く頭を下げた。

「穏蔵には、この集まりが何かを言わずに来てもらったんですが、秋月さんが口火を切ってくださいますか」

甚五郎に問われると、

「いえ、昼前にわたしが話したようなことを言ってもらえればと」

少し迷った末に、六平太はそう答えた。

すると甚五郎は穏蔵の方に顔を向け、

「今日来てもらったのは、『寿屋』の美鈴(みすず)さんとの仮祝言を、お前が本当のところどう思っているのか、ちゃんと聞いておきたいと思ったんだよ」

静かに語り掛けると、穏蔵は頷いた。

「お前とは、多少なりとも関わりのある秋月さん、おりきさんにも来てもらったのは、そういうことなんだ」

甚五郎がさらに続けた。すると、

「よく分かりました」

軽く頭を下げた穏蔵は、両手を膝に置いて畏(かしこ)まり、

「仮祝言のことに、わたしに否やはありません。美鈴さんはいい人ですから、婿に入るのが嫌だという気持ちもございません」

よどみなく返答したが、「ただ」と前置きして、

「わたしが『寿屋』さんの婿になっていいのだろうかという、迷いというか、不安と恐れのようなものがございます」

と口にした。

「それは当然だよ。はい分かりました、わたしが『寿屋』を繁盛させてみせますなんて大風呂敷を広げたら、かえって信用ならないよぉ」

間髪を入れず声にしたのは、おりきである。

「おれも、おりきさんのいう通りだと思うぜ。八郎兵衛さんは、お前のそういう、まっ正直な性分を見ていたからこそ、婿にする気になったに違いないんだ」

「そうでしょうか」

稔蔵は、甚五郎が口にしたことにも、まだ自信が持てない様子が見て取れた。

「仮祝言を受ける気になるには、どうしたら踏ん切りがつくんだ？」

六平太が口を挟むと、稔蔵は軽く俯き、少し思案して小首を傾げた末に、甚五郎を見てゆっくりと顔を上げた。

「おりきさんに、ひと言、受けろと後押ししていただければ、思い切れるかと」

稔蔵から思いがけない言葉が飛び出して、六平太は声もなかった。

「どうして、わたしが――！」

おりきは、戸惑いの声を上げた。

「本人がそういうんだ。言ってやればいいじゃねぇか」

六平太は、幾分、心の籠らない口を利く。

「いやですよ、わたしはぁ。大体、自分の行く末を決めるのに、人に何か言ってもらわなきゃ踏ん切りがつかないというのは、情けないじゃないか」

おりきがそう言い放つと、穏蔵はゆっくりと項垂れた。


関口の台地に日が沈んでから四半刻ばかりが経っている。

護国寺門前の音羽一帯に微かに明るみは残っているが、日暮れは近い。

音羽八丁目の角にある居酒屋『吾作』の中は、六分ほどの客の入りだった。

春が深まれば、岡場所を抱える音羽は日暮れてからも人が繰り出す。

これから妓楼へ繰り込もうという男どもや、遊び帰りの男どもなどで、飲食の店は夜遅くまで混み合うのだ。

『吾作』の中は、客の話し声や笑い声が交錯していた。

時々、お運びのお国が、板場で包丁を振るう亭主の菊次に客からの注文を大声で通したり、自ら燗酒の具合をみたりと、忙しく動き回っている。

六平太は、土間の奥にある卓で、おりきと差し向かいで夕餉を摂っていた。

穏蔵と会った甚五郎の家を後にした二人は、一旦関口駒井町の家に戻り、夕刻になってから湯屋へ向かった。

その湯屋の帰りに『吾作』に寄ったのだが、それから四半刻ほどの間に、すでに二合徳利を一本空にしている。

「しかし、穏蔵の野郎、なんだっておりきさんの後押しが欲しいなんて言ったんだろう」

長い菜箸を手にしたまま、板場から顔を突き出した菊次が六平太とおりきに声を掛けた。

「しらねぇよぉ」

六平太が愛想のない声で答えると、

「あぁ、それで秋月さん、機嫌が悪いんですね」

徳利を一本運んできたお国が、おりきに囁く。

何か言い返そうとした六平太だが、言うこともなく、黙って徳利を摑んで手酌にした。

「あ、おいでなさい」

菊次の声に反応したお国が出入口を見て、

「親方ですよ」

と、六平太とおりきに告げた。

気を利かせて腰を上げたおりきは、卓の向かい側に移って六平太と並ぶと、

「親方は、あちらへ」

自分が腰掛けていた空き樽を指し示した。

「うちの者が、ここに入るのを見たと言ったもんだからね」

甚五郎は、六平太たちと向かい合って掛けた。

「おれは、酒と肴があればいいよ」

「分かりました」

お国が甚五郎に返答すると、

「肴は適当に拵えます」

板場の菊次から声が飛んで来て、お国はその場を離れて行く。

「親方の酒が来るまでは、これで」

六平太が、来たばかりの徳利を手にして勧めると、

「遠慮なく」

小さな竹籠に積まれていた盃を摘まんだ甚五郎が、六平太の方に差し出す。

そこに六平太が注ぎ、

「今日は、何かと面倒掛けまして」

自分のぐい飲みを手にして甚五郎と軽く掲げ合うと、口を付けた。

「穏蔵が、おりきさんの後押しを望んだわけが分かりましたよ」

盃に口を付けた甚五郎が静かに口を開くと、六平太もおりきも眼を向けた。

「あのあと出かける用があったもんですから、その帰りに『寿屋』に寄って、穏蔵から聞き出しました」

「言いましたか」

六平太が問うと、甚五郎は頷いた。

「以前、穏蔵がうちの身内として働いていた時分、外歩きのままならない長屋の爺さんのために、医者の所に行って薬を貰って来てやるということをしていたらしいんですが、一度、そのことを忘れたことがあったそうです。その時、おりきさんに頰を叩かれた上に、穏蔵の不実をこっぴどく叱ったことがあったそうだね」

甚五郎から眼を向けられたおりきは、小さく頷き、

「覚えてますよ」

小さな声を出した。

そして、あの頃の穏蔵は、『寿屋』の八郎兵衛に仕事ぶりを感心された上に、娘の美鈴の婿にと望まれていたと、おりきはいい、

「穏蔵はそのことに浮かれ、お爺さんのためにしてやっていたいつものことを忘れてしまったんですよ。それで、怒ったことがありました」

とも、打ち明けた。

その件は、六平太もおりきから聞いて知っている。

「穏蔵が言うには、その時のおりきさんの声が、小さい時分に聞いた生みの母親の声に似ていたそうなんだ。だから、おりきさんが後押ししてくれたら、母親の声と思って、踏ん切りがつくような気がしたと思ったそうだよ」

甚五郎の口から思いもよらない話が出て、六平太は口に運びかけていたぐい飲みを思わず止めた。

おはん——六平太の脳裏に、その名が浮かんだ。

十六年も前、主家を追われて浪人になった直後、気持ちを荒ませた六平太は、義母と義妹である佐和のいる長屋には寄り付かず、繁華な町で喧嘩と遊蕩に明け暮れていた。そんな時分に遊んだ女の一人が、板橋の飲み屋の女、おはんだった。

そのおはんが孕んだと知った時、放蕩の身だった六平太には子を育てる余裕もなく、賃仕事で暮らす義母や義妹に頼ることは出来なかった。

水子にするよう迫ったもののおはんは聞き入れず、知らぬ間に生んだ男児に穏蔵と名付けたのである。

産後の肥立ちがよくなかったものか、穏蔵が三つの時におはんは死んだ。

「おっ、いけねぇ。酒を零しちまったよ」

入れ込みの方から客の声が轟くと、燗番をしていたお国が雑巾を摑んで飛んで行った。

「親方に聞きたいが」

六平太の声はいささか掠(かす)れていた。

「なんでしょう」

盃の酒を一口飲んだ甚五郎が、六平太に眼を向けた。

「母親の声に似てると言ったそうですが、おれが父親から預かった時、穏蔵の母親は三つの時に死んだと聞いてます。たった三つの頃に聞いた母親の声を、未(いま)だに覚えているもんでしょうかねぇ」

そういうと、六平太は困惑したように笑みを浮かべた。

「ずいぶん昔ですが、音羽のどこかの寺の和尚(おしょう)に、言葉をおろそかにしちゃならぬよと言われたことがあります。口に出したら消えるなどと思っちゃいけないと言われました。言葉には霊力が宿っているというんです。人の言葉が霊となって体から離れ、普段では考えられないことが起きるそうで、それが、言霊(ことだま)と呼ばれるものだそうです」

甚五郎の話が、六平太には少し応(こた)えた。

穏蔵を生んだものの、父親である六平太は、たまに金を届けることはしても、ろくに構うことをしなかった。

母子を顧みなかった六平太への恨みごとをおはんが口にしていたとすれば、それが言霊となって、今の穏蔵に沁(し)み込んでいるのだろうか。

六平太は、ぐい飲みに残っていた酒を一気に呷(あお)った。

「わたしは、穏蔵さんになんと言ったらいいんでしょうねぇ、親方」

「そうだねぇ」

甚五郎は、おりきの問いかけに、これという案がなさそうである。

「ね、六平さん」

「ちっ、己のことぐらい己が決めればいいじゃねぇか」

六平太は独り言を口にすると、小皿のこんにゃくを箸で突き刺した。


閉め切られた寝間の障子に朝日が射している。

その障子の外からは、江戸川(えどがわ)の大洗堰(おおあらいのせき)から流れ落ちる水の音が絶え間なく届いていた。

日射しの高さから、五つ半（九時頃）という頃おいだろう。

寝間と隣り合った居間の長火鉢に着いて、六平太は一人で朝餉を摂っている。

猫板に置いたお盆には、飯の茶碗(ちゃわん)と味噌汁(みそしる)の椀(わん)、納豆と大根おろし、それに昨夜、『吾作』から貰ってきた南瓜(カボチャ)の煮物の小鉢が載っていた。

長火鉢の五徳には鉄瓶が載っているから、飯は茶漬けにしてもいい。

「おはようございます」

出入り口の戸が開け閉めされる音がしてすぐ、若い男の声がした。

「誰だ」

六平太が返答すると、

「毘沙門の六助です」

馴染みの若い衆から声が返ってきた。

「いま、飯の最中だから、遠慮なく上がれ」

「へい」

声がするとすぐ、居間の障子を開けた六助が、見知った若侍を伴って入って来た。

「沢田じゃないか」

箸を止めた六平太は、六助の横に膝を揃えた相良道場の門人、沢田庄助に眼を留めた。

「こちらは、今朝、秋月さんに会いに元鳥越の『市兵衛店』に行ったそうですよ」

六助が話を切り出すと、

「長屋の住人の熊八さんという人から、音羽に行かれたと教えていただきまして」

庄助が続けた。

「その大道芸人の熊さんが、音羽桜木の甚五郎親方か居酒屋『吾作』を訪ねれば居所は分かるとこちらに教えたそうなんで」

六助はじめ毘沙門の若い衆は、『市兵衛店』の住人の熊八のことはよく知っているから、親しみを込めて『熊さん』と呼んでいた。

「おりきさんは、お出かけですか」

「朝早くから、髪結いに出掛けたよ。見送っちゃいねぇが、昨夜、朝早く出ると言っていたから、朝餉を拵えてから出たようだ」

六平太は、六助にそういうと、残っていた南瓜を口に入れた。

「それじゃ、あたしはこれで」

六助は腰を上げると、

「ご案内、かたじけない」

と、礼を口にした庄助に会釈をして、居間を出た。

六平太があらかた食べ終わったところで、

「秋月様にお願いに上がりました」

庄助が俄に畏まった。

「何ごとだよ」

箸をお盆に置いた六平太は、鉄瓶の湯を急須に注ぐ。

「下総、関宿藩久世家の赤坂のお抱屋敷にお出で願いたいのです」

「なんでまた」

大して気にせず声を出すと、急須の茶を空いた飯茶碗に注いだ。

「先日お尋ねした、二月七日の一件に関わることでございます」

「二月七日というと」

六平太は、首を捻った。

「その日、火事騒ぎで騒然となった江戸橋南詰の広小路に於いて、ならず者たちの狼藉に難儀をしていた女乗り物の一行は、藩主久世大和守頭様の側妾、菊代様の乗り物でございました」

「おぉ、沢田が仕えるお家だな」

「はい。その時、ならず者たちから乗り物を護っていただいた浪人は、礼を言う間も、名を聞く間もなく立ち去られたとのことでしたが、その浪人は、何者かから『秋月さん』とか『六平太の旦那』と呼びかけられ、その声の方に向かって行ったということでしたので、先日、秋月様に間違いないかを確かめたような次第です」

「覚えがあると言ったろ？」

そういうと、飯茶碗の茶を一口啜った。

「そのことをお抱屋敷のご用人、坪谷様にお伝えすると、すぐに御方様へも伝わりまして、是非とも礼を申し述べたいので、屋敷にお出で願いたいとのことでございます」

庄助は、畏まって手を突いた。

「つまりそれは」

「屋敷にお招きしたいということなのです」

庄助は、顔を上げた。

すると六平太は、

「音羽にも下総の久世家のお抱屋敷があるのだが」

と、首を傾げた。

「はい。音羽のお屋敷は久世家にゆかりのあるお方に貸し置かれておりまして、わたしが仕えます菊代の御方様のお屋敷は赤坂でございます」

「ともかく、ならず者を追い払ったことくらいで、気にしてくれるなと返事してくれよ」

六平太は片手を大きく左右に打ち振った。

「え」

庄助が訝し気に首を傾げた。

「礼には及ばないということさ」

六平太が笑みを見せると、

「それは困ります。使いに立ったわたしの面目が立ちません」

顔を真っ赤にした庄助は、今にも食いつかんばかりの形相で六平太にツツと膝を進めた。


六平太は、庄助とともにおりきの家を出ると、護国寺の参道ともいうべき広道が行き止まりとなる江戸川へと足を向けていた。

相良道場に通う庄助は、四谷から久世家のお抱屋敷のある赤坂への道は知っているが、足を踏み入れたことのない音羽からの道順は知らないというので、六平太が道順を教えながら供をしたのである。

おりきの家を出る前、六平太は赤坂のお抱屋敷への招きに応ずる返答をしていた。面目が立たないと険しい形相をした庄助の必死さに、負けたのだ。

「これが江戸川橋だ」

そう口にして江戸川に架かる橋の手前で足を止めると、庄助も立ち止まる。

「さっきも言った通り、橋の向こうの関口水道町に行ったら、最初の三叉路を左へと向かえ。しばらく行くと小日向馬場がある。そこを右に行くと牛込五軒町の相生坂があるから登り、大きな大名屋敷の塀に沿って左へと道なりに進めば、牛込御門へと下る神楽坂に行き着ける。そうしたら、堀沿いに西に向かえば四谷御門へと通じている」

六平太が説明すると、庄助は指をさして、虚空に道順を描いた。

「分からなくなったら、通りがかりの者に聞くことだ」

「はい」

頷いた庄助は、

「それで、赤坂の屋敷にいつお出でになれるかの返事は、いついただけますでしょうか」

と、少し改まった。

「庄助が今度相良道場に稽古に行くのは、いつになるんだ」

「明日の昼稽古に行こうと思います」

「分かった。明日はおれも行くから、その時お抱屋敷に行く日を伝えよう」

「よろしくお願いいたします」

声を発した庄助はそういうと、きびきびとした動きで腰を折った。

「うん。もう行け」

六平太が促すと、もう一度頭を下げて踵を返し、庄助は江戸川橋を対岸へと足を向けた。

その姿が小さくなるのを見ていた六平太も、桜木町の方へと踵を返す。

おりきの家に戻っても誰もいないので、とりあえず音羽八丁目の『吾作』を目指すことにした。

店開けの刻限はまだだが、板場を預かる菊次が、昼の客のために仕込みを始めている時分ではあった。

桜木町を通り過ぎ、音羽九丁目と八丁目の辻へ差し掛かった時、鼠ヶ谷の方から現れた人影が足を止めたのに気付いた。

六平太が振り向くと、『寿屋』の前掛けをつけた穏蔵が風呂敷包みを抱えて立っている。

「おぉ」

六平太が思わず声を洩らすと、穏蔵は頭を下げて五丁目の方に足を向けた。

「おい」

六平太の声に、穏蔵は足を止めて振り向いた。

が、なにを言おうと思って声を掛けたのか、六平太が迷った。

「いや、いい」

「え」

「いいんだ。行け」

六平太が幾分声を張ると、穏蔵は一礼して背中を向け、坂の上へと歩き出した。

四

四谷御門から堀沿いに赤坂御門へと歩くのは久しぶりのことである。

付添いの仕事で品川(しながわ)、麻布(あざぶ)、目黒(めぐろ)へ行くこともあるが、浅草元鳥越町からなら城の東の神田、日本橋を通って向かう。

今朝まで音羽に居続けていた六平太は、この日、赤坂に行く用事があり、四谷を通る道筋を取った。

昨日、相良道場の稽古に出た六平太は、関宿藩久世家の抱屋敷に勤める沢田庄助に、

「明日、行くことにする」

と告げたのである。

そのことは、昨夜のうちにおりきにも伝え、

「お招きに与(あずか)った後は、神田の『もみじ庵』に顔を出してから浅草元鳥越に帰るつもりだ」

とも言い添えていた。

今朝早く朝餉を摂った六平太は、伸びていた髭(ひげ)を剃り、おりきに総髪にした髪を撫(な)でつけてもらった。

赤坂円通寺坂にある抱屋敷には、四つ半（十一時頃）に行くことになっていたので、一刻前に音羽を発てば十分に間に合う道のりだった。

関口駒井町の家に置いていた濃い紫色の綿入れを着流しにして博多帯を締め、黒の羽織を着た六平太がおりきの見送りをうけて家を出たのは、五つ半だった。

牛込を通り、市ヶ谷谷町を過ぎるころには、日射しが強くなった。

四谷の台地を東西に走る四谷大通に立った六平太は、正面から照り付ける日射しに閉口して、菅笠を付けた。

その後、堀端に沿って赤坂へと歩を進めていたのである。

赤坂円通寺坂へ行くのに、二つほどの道順があることは、付添い仕事で諸方を歩く六平太はとっくに承知していた。

紀伊国坂を下っていた六平太は、元赤坂町に突き当たった三叉路で右に折れ、紀伊徳川家屋敷の外郭沿いに進んだ。

赤坂御門から渋谷へと通じる往還に出たところで右に折れて、一町（約百九メートル）ばかり先の大名屋敷の角を左へと曲がる。

そこは薬研坂という牛馬も難渋すると思われるほどの急峻な下り坂で、谷底に着くと、そこからは壁のような上り坂になっている。

それを上り切った先が円通寺坂の下り口だった。

円通寺坂に向かうには、元赤坂町から表伝馬町を経て丹後坂を回るという手もあり、坂の途中にある久世家の抱屋敷に、最後は上って行くか下って行くかの違いなのだが、六平太は下って辿り着く方を選んだのだ。

坂を下ると、坂の名の由来となっている円通寺があり、その下方の稲荷社の向かい側に、門扉の開いた揚げ土門があった。

庄助から聞いていた通り、門の両脇には白壁の築地塀が延びている。

門を潜った六平太は、式台の前に立ち、菅笠を外す。

「ごめん」

式台の奥に向かって声を上げると、辺りに眼を遣った。

大名家の持ち物にしては、抱屋敷とはいえ、小ぶりである。

敷地にしても、六、七百坪くらいの広さだろう。

近隣の武家屋敷と比べても、さほどの変わりはない。

式台から奥へ延びた廊下の方から、足音が急ぎ近づいて来て、庄助を従えた老武士が六平太の前に立つと、

「お。やはりあの時の」

六平太の顔を一目見るなり、そう言ってその場に膝を揃えた。

それに倣って、庄助も老武士の斜め後ろに膝を揃える。

「秋月六平太殿とお見受けいたす」

「秋月です」

六平太が名乗ると、

「それがしは、当家の用人を務めまする坪谷幸右衛門と申す。本日はよくお出で下さり、あつく御礼申し上げる」

五十の坂はとうに越したと見える幸右衛門が両手を突いた。

「こちらこそ、お招き恐れ入る」

六平太も軽く腰を折った。

「この沢田とは、以前より親交がおありとのこと、まことに幸いでござった」

幸右衛門がそういうと、

「親交とは恐れ多いことでございます。秋月様は道場の師範代にございますれば、いわばわたくしの師ともいえるお方でして」

庄助が、控えめに異を唱えた。

「左様であった。年を取ると、すぐに思い込んだまま口から飛び出してしまう。申し訳ござらん」

幸右衛門は六平太に素直に首を垂れ、

「とにかく、お上がり下され」

幸右衛門と庄助は立ち上がり、六平太のために式台の上り口を広く空けた。

草履を脱いだ六平太は、先に立った幸右衛門に続いて白足袋の足を踏み出す。

廊下の角を二度曲がった先にある小さな庭の縁を少し進むと、幸右衛門が障子を開けて、

「お入りください」

と、部屋の中を手で指した。

六平太が先に入ると、幸右衛門が続いた。

すると、縁に片膝を突いていた庄助が、

「秋月様、わたくしはここで」

軽く頭を下げた。

「そうか」

六平太が呟くと、

「後ほどまた、お目にかかりますので」

と、庄助は外から障子を閉めた。

「ともかく、こちらへお座り下され」

そう言って、幸右衛門に示されたのは、正面に床の間の見える十畳ばかりの部屋の中央だった。

六平太が膝を揃えた目の前には、一台の脇息が置かれている。

どうやらそこに、抱屋敷の主が座るのだろうと察せられた。

「ごめん下さりませ」

縁側とは反対側の襖の外から女の声が掛かると、

「構わぬ」

幸右衛門の返答があるとすぐ襖が開けられ、茶托に載せた茶碗をふたつと、菓子を載せた高足台を捧げ持った若い三人の女中が姿を現した。

六平太の前に菓子台と茶碗ひとつを置き、幸右衛門の前にも茶碗を置くと、手を突いた女中の一人が、

「御方様は程なくお越しになられます」

そう述べて、他の女中共々辞儀をして早々に去って行った。

「どうか、茶など」

幸右衛門に勧められたが、

「その前に、ちと伺いたいことが」

六平太が声を低めると、

「なにか」

幸右衛門まで小声になった。

「坪谷殿は、二月七日の大火事の時、女乗り物の供をしておられましたか」

「左様。江戸橋近くの小道で難儀しているところを、あなた様のお力によってお助けいただいた一部始終を見ておりました」

「どこかで見たお顔だとは思っていたのですが、あぁ、あの時ですか」

「左様」

　幸右衛門は笑みを浮かべた。

「しかし、あれほどの火事騒ぎが起きているというのに、あの日、赤坂からどうしてまた日本橋の辺りに向かわれたのですか」

　六平太が疑義を口にすると、

「火事と聞いたゆえに、急ぎ小人数で向かったのですよ」

　幸右衛門の答えに、六平太は思わず首を傾げた。

　二月七日、神田佐久間町から出た火が燃え広がり、城の近くまで炎に包まれているという知らせが上屋敷から抱屋敷にもたらされたのは、その日の四つ（十時頃）だったと、幸右衛門が話を切り出した。

　抱屋敷の者が円通寺坂を駆けあがって、高台から城の方を見ると、日吉山王大権現（ひえさんのうだいごんげん）社（しゃ）の木立の向こうに白煙黒煙が立ち昇り、半鐘の音が方々から聞こえたという。

「そのことを御方様に伝えると、日本橋にある呉服橋御門（ごふくばしごもん）内の上屋敷におわす殿様のことをご案じなされ、近くへ行って様子を見たいと申されたのです」

それで、女乗り物に菊代の方を乗せ、幸右衛門の他に二人の侍と女中二人という極めて少ない供揃えで呉服橋に向かったのである。

しかし、数寄屋橋辺りから道は混み始め、鍛冶橋を過ぎたころには、荷車や人の群れが縦横無尽に行き交い、菊代の方の一行は進むも引くも思い通りにはいかなくなった。

久世家上屋敷のある呉服橋御門に近づくことなど到底叶わないと諦めたものの、引き返そうにも人の波に押し返され、その波に押されるまま楓川の西岸へと追いやられたという。

「そこで、上屋敷に近づくのはやめて、御方様のご実家のある神田豊島町を目指したのだ。ところが、人ごみで江戸橋を渡ることもならず、小道の奥に押し込められる仕儀と相成った。そこであのならず者たちに囲まれて、金品を出せの出さぬのと押し問答が」

そこまで語って、幸右衛門は大きく息を継いだ。

「御方様でございます」

年増らしい女の声がかかると、女中二人の手に依って襖が開かれ、五十過ぎの老女を従えた四十ほどに見える女が続き、六平太の前に膝を揃えた。

その近くに老女が控えると、襖を開けた女中二人は、幸右衛門の後ろに並んで控えた。

「こちらが、先日力添えを頂いた、秋月六平太殿にございます」

幸右衛門が六平太の前に着いた女にそういうと、

「こちらは、久世家お抱屋敷の主、菊代の御方様でござる」

六平太に向かってそう告げた。

「本日は、お招きに与り、恐れ入ります」

六平太が軽く上体を倒すと、

「先日の大火事の折は、われらの難儀をお救いいただき、まことにありがたいことでありました。御礼申し上げます」

おっとりとした物言いをした菊代の方は、ほんの僅か、頭を下げた。

近くに控えていた老女も倣ったように頭を下げて、

「あの日の乗り物の周りには、ひ弱な幸右衛門殿と家士が二人しかおらず、お供したそこの女中二人は、恐ろしゅうて震えておったそうでな」

そういうと、幸右衛門の背後に控えていた女中二人が、黙って頷いた。

「しかしながら浪野(なみの)殿、あの混雑の中で刀でも抜こうものなら、更なる混乱になると思い、様子を窺っておったのであって、なにもひ弱に怯えておったわけではない」

幸右衛門が向きになって抗弁すると、

「二人とも、おやめ」

菊代の方がやんわりと窘めた。

「供の者に聞いたところによれば、付添い屋殿は、あぁいう無法者を相手にするのに手慣れておいでだったそうですが」

幸右衛門から浪野と呼ばれた老女は、六平太の方に軽く身を乗り出した。

「付添い屋をしておりますと、あぁいう手合いに絡まれるのは珍しくありませんから、扱いには慣れております」

六平太は、殊更自慢することもなく、さらりと返事をした。

「刀を抜くこともあるのか？」

「相手が得物を手にしておれば、抜くこともあります」

六平太は、問いかけた幸右衛門に向かって頷いた。

「あなた様の物言いや居住まいから、付添い屋殿は、武家に仕えておられたように見えますが、如何」

「浪野。こちらは、付添い屋殿ではなく、秋月殿じゃぞ」

菊代の方が口を挟むと、

「これはわたしとしたことが。秋月殿、御無礼の段、お許し願わしゅう」

浪野は慌てて両手を突いた。

「何と呼ばれようと気にはなりませんので、先ほどのお尋ねに返答しますが、以前、わたしは確かに、さる大名家の江戸屋敷に仕えておりました」

「やはりな」

幸右衛門は、六平太の返答を聞いて声を出し、

「小納戸方の沢田庄助が通う剣術道場の師範代を務めておられると聞いておりましたので、もとは武家というのも頷けまする」

菊代の方に向かって言上した。

「にもかかわらず、その、付添い屋とやらもしておいでで？」

好奇心も露わに、浪野が口にした。

「師範代の役目を頂いてはいますが、長年世話になった道場主への恩返しですので、給金を頂いてはおりません。従いまして、付添い屋は、浪人になって以来、暮らしを立てるための稼業というものでして」

笑ってそういうと、六平太は茶碗を手を伸ばした。

「その付添いとは、どのようなことをするのかの？」

少し身を乗り出した幸右衛門から、小声で尋ねられた。

一口茶を飲んだ六平太は、

「ま、多いのは、お武家や商家の婦女子の買い物や芝居見物、月見に花見、蛍狩りやら虫聞きに付添って、家に送り届けるんですよ。そういう行楽で賑わうところには、金品を狙う輩が獲物を狙ってますからね」

「なるほど」

　幸右衛門が頷くと、

「そのほかにも、老夫婦の墓参りや大川での一家総出の船遊び。正月には、お店の旦那衆の年礼回りの付添いもこなしました。何年か前には一風変わった仕事も引き受けましたね。市中引き回しの後に死罪が決まってる罪人の付添いでしたが、ま、これは知り合いの役人に頼まれたもので、そういうのは滅多にはありません」

　六平太は付添いの中身を大まかに明かした。

「なんとも頼もしいことじゃ」

　浪野の口から感心したような声が洩れ出た。

　すると、

「火事騒ぎの江戸橋で、ならず者たちを追い払った秋月様の強さは、見事なものでした」

　そんな言葉を発したのは、二十七、八ばかりの年かさの女中だった。そして、

「子供時分、草双紙で読んだ、羅生門の鬼退治をした渡辺綱のような奮闘ぶりでご

ざいました」

年下の女中は、頰を紅潮させてそう述べた。

「のう幸右衛門殿、この先、御方様の外出のおり、警固の手が足りぬ時には秋月殿に乗り物の付添いをお頼みしては如何でしょう」

「これ、浪野殿」

幸右衛門は渋い顔をして、軽く自分の膝を叩いた。

「いやいや、お大名家の御方様の警固に浪人なんぞを雇ったら、御家の名に瑕がつきますよ」

そういうと、六平太は声を出して笑った。

武家の仕事を下手に受けると、面倒に巻き込まれることもあるので、六平太としては今のうちにその気がないことを示しておく必要があった。

五

幸右衛門と庄助に伴われて式台に立った六平太は、揃えられていた草履に足を通した。

「秋月殿、本日はわざわざお出でいただき、まことにありがたいことであった」

幸右衛門が丁寧に腰を折った。

「こちらこそ、茶菓のおもてなしに礼を言います」

六平太は頭を下げた。

すると庄助が、

「これは、御方様が下された土産にございます」

抱えていた風呂敷の包みを六平太の前に差し出した。

「遠慮なく」

六平太が受け取ると、思っていたよりずしりと重みがあった。

「御方様も申されたが、近くにおいでの際は、遠慮なくお立寄り下され」

「こちらの方には滅多に来ることはないが、もしそういう折があれば、顔をお出ししましょう」

六平太は、幸右衛門の誘いにそう返答し、

「ではここで」

踵を返した六平太が門に足を向けた時、刀を腰に差した羽織袴姿の女が網代笠を手に門を潜って近づいて来た。

「これは伊奈様、お帰りでしたか」

改まった幸右衛門が、女を迎えた。

伊奈と呼ばれた女武者は、後ろ髪を後頭部で束ねて垂らしていて、一寸見(ちょっとみ)には男と区別がつかぬ。

「こちらは、先日、御方様の乗り物を止めた悪漢どもを懲らしめて、追い払ってくだされた秋月様でして」

そう口にした幸右衛門はさらに、

「伊奈様は、御方様の娘御でござる」

と、六平太に引き合わせた。

つまり、久世大和守の血を引く娘ということになる。

「秋月様は、わたしが通う四谷の相良道場の師範代でもあられます」

庄助が横から口を出した。

それにはこれという反応は見せず、伊奈は黙って六平太に眼を向けた。

「あの折りのお方ですな」

六平太が口を開いた。

「あの折りとは」

幸右衛門が訝(いぶか)るように尋ねると、

「正月の半ば頃でしたが、例の付添いで、お店の旦那の年礼回りのお供をしていたんですがね」

六平太は、年礼回りの帰途、柳原土手で遭遇した騒ぎのことを話した。

稲荷社の境内で、別のお店の主従が、ならず者たちに囲まれて金品を奪われそうになっていた一件である。

六平太が助けに入る前に、網代笠を被った小柄な侍が境内に駆け寄って、ならず者たちに挑みかかったのだ。

途中で六平太も加わって、ならず者たちを追い払った後、壊れた菅笠の隙間から、女の顔が見えたのだった。

「その時の女剣士が、こちらで」

六平太が伊奈の方に眼を向けた。

十八、九に見える伊奈は依然として表情のない顔で六平太に対していた。

すると、

「そなたは、あの時の――」

伊奈が呟いて、僅かに眼を見開いた。

「途中で加勢をしたら、余計なことだと、お叱りを受けた者です」

笑って頭に手を遣ると、

「どれほどの師範代か、その腕を知りたいものだが、またいずれ」

素っ気ない声で六平太にいうと、草履を脱いで式台に上がり、足早に奥へ去って行った。

「まいったね」

小さく笑うと、六平太は軽く片手を上げて、門の外へと足を向けた。

日は西に傾いたものの、浅草元鳥越は日の光を浴びていた。

先刻、神田川に架かる新シ橋を渡るときに七つ（四時頃）の鐘を聞いたばかりである。

ひと頃に比べると、大分日が伸びている。

赤坂の久世家の抱屋敷へ行った帰りの六平太は、土産の風呂敷包みを手に提げていた。

菊代の方との対面の後、別の間に用意されていた徳利付の昼餉の膳を、用人の幸右衛門と二人で摂って、その後、庄助が加わって茶を飲んだ。

抱屋敷を出たのは、八つという頃おいだった。

のんびりと歩いたせいで、浅草元鳥越まで一刻ほどを要した。

表の通りから『市兵衛店』に入ると、井戸の方から、米を研ぐ音が聞こえた。

木戸を潜って井戸端に行くと、お常が米を研いでいた。

「静かだねぇ」

菅笠を取った六平太が声を掛けると、

「お帰り」

お常が手を止めて六平太を見上げた。

「おや、羽織なんか着てどうしたんです」

「ちょっと、道場の門人が仕えるお屋敷に招かれてさ。中身は分からないが土産を貰ったから、役に立ちそうなものは、後でお裾分けだよ」

「そりゃ、楽しみだ」

にやりと笑ったお常が、米研ぎを再開した。

路地に足を向けた六平太が、
足を止めて、お常を振り返った。

「貝谷さんは、その後どうだい」

「秋月さんが音羽に行った翌日、熱が下がって床上げをしましたよ。昨日は、辻八卦の道具担いで、仕事にも出ました」

米を研ぎながらお常が話していると、

「秋月さん、一寸お寄りになりませんか」

路地の方から、重兵衛の声が届いた。

「それじゃ、またあとで」

六平太はお常に声を掛けて、路地へと足を向けた。

左棟の真ん中の家の戸口に立つと、

「秋月ですが」

声を掛けると、返事も待たず戸を引き開けた。

板の間で辻八卦に使う道具などを布の細帯で縛っていた重兵衛が手を止め、

「お帰りなさい」

と、土間に足を踏み入れた六平太に頭を下げた。

「お常さんに聞きましたが、床上げして昨日は仕事に出られたとか」

「秋月さんはじめ、皆さん方のお蔭にて」

さらに頭を下げた。

「秋月さんは音羽へ参られたとか。皆さんに聞けば、あちらにはちょくちょく参られるということでしたが」

「そうなんですよ。向こうには、わたしの弟分が居酒屋をやってますし、何かと知り合いがいるもんですから、仕事が空くと顔を出すんですよ」

そう話したが、音羽におりきという情婦がいることは、なんとなく伏せ、

「それで、その後、小四郎さんとは」

気になることを問いかけた。

「お互い、知らず知らず溜まっていたものを吐き出したせいか、すこしは気が軽くなったようで」

皆まで言わず小さく頷くと、道具類に『易』の幟を加えると、細帯で縛った。

「お帰り」

「ただいま帰りました」

井戸の方から、お常と小四郎のやり取りが聞こえるとほどなく、土間の外に小四郎が姿を見せた。

「これは、秋月様」

小四郎は、頭を下げて土間に入ると、板の間に上がる。

「父上、今からお出かけですか」

「あぁ。飯は朝の残りが御櫃にある。竈の鍋には鮎並の煮つけがあるから、温めることだ」

小四郎に答えながら袴姿の上に白い羽織を纏うと、重兵衛は土間に下り、纏めていた道具類を抱え、

「では秋月さん」

六平太に頭を下げると、路地へと出て行った。

「貝谷さんは、やはり朝餉夕餉を作っておいでのようだ」

「はい。でも、無理しないようにとは、わたしから再度お願いしましたら、昨日は、分かったと言ってくれました」

小四郎は、少し安堵したように、微笑みを浮かべた。

「たまには、言ってみるものだな」

「はい」

正座した小四郎が、丁寧に頭を下げた。

家に帰ってすぐ、着ていた着物と袴を着替えると、六平太は二階の物干し場に干して埃を払った。

おりきの家に置いてあった余所行きの二品だから、粗末には扱えない。

「子曰く、君子重からざれば則ち威あらず。学べば則ち固ならず」

隣家の二階の部屋から、小四郎の声が聞こえてきた。

武家勤めに就く以前、藩の学問所で六平太も習ったことのある論語の一節である。

「子曰く、父在せば其の志を観、父没すれば其の行を観る」

これも、父と子の在り方を示した一節だが、どんな教えだったかは、どうにも思い出せない。

続けて素読をする小四郎の声が、物干し場の先の夕空に吸い込まれて行った。

第四話　女剣士

一

朝日を浴びた不忍池の水面には靄が這っていた。

日の出から四半刻（約三十分）も経ってはおらず、日射しはそれほど強くはない。

秋月六平太は、忍川の畔に立ち止まって不忍池を眺めている。

日の出前に浅草元鳥越の『市兵衛店』を出た六平太は、浅草鳥越から三味線堀の高橋を渡り、出羽国佐竹家の上屋敷の南端から御徒組屋敷や武家屋敷の立ち並ぶ道を通って下谷同朋町に至り、上野広小路を東叡山の黒門へと足を向けたのだった。

六平太のこの日の付添いは、俳人の石山桃園を担ぎ上げた『桃園句会』の同人たちに依る、道灌山への吟行のお供である。

口入れ屋『もみじ庵』から六平太に依頼があったのは二月末のことだった。

『もみじ庵』に付添いを頼みに来たのは、市村座、中村座などの芝居小屋がある町で扇屋を営む喜兵衛という男だった。

三月三日の吟行が決まった時、

「道灌山とか飛鳥山とか、春になって人が押しかける名所には、酔っぱらいや乱暴者が出ると聞くから、露払いが要るのでは」

句会仲間の一人の婦人から声が上がると、句会の何人かの同人からも賛同の声が上がったらしいと、忠七から聞いていた。

東の空に朝日が昇ると、六平太は不忍池を離れて、集合場所の上野東叡山の黒門へと足を向けた。

集まる刻限の六つ（六時頃）までは、あと寸刻だが、黒門の傍には、羽織を着た商家の旦那と思しき五十絡みの男が立っていた。

「もしかすると、『もみじ庵』の付添いの秋月様では」

人懐こい笑みを浮かべたその男に尋ねられて、

「秋月です」

六平太は名乗った。

「わたしは、今日の吟行の世話役を務めさせていただきます、堺町の扇屋『観扇堂』の主、喜兵衛と申します」

「その名は、噺家の三治から聞いてますよ」

「それはそれは、世間は案外狭いもんですな」

笑みを浮かべた喜兵衛がいう通りである。

「秋月さん、句会の吟行の付添いを引き受けたでしょう」

『市兵衛店』の我が家で朝餉を摂っていた昨日、噺家の三治が土間に入って来てそんなことを口にしたのだ。

噺家の三治は、寄席に出ない時などは、あちこちの旦那の腰巾着にもなるし、座持ちが良いとの評判が高いので方々から声が掛かり、集まりを盛り上げる幇間のようなことをしていた。

その三治がいうには、前々から知り合いの『観扇堂』の喜兵衛と料理屋で昨夜顔を合わせたら、句会の席で六平太の名が出たと告げられたという。

「おや、秋月さんの名が伝わりましたか」

三治がそういうと、顔を綻ばせた喜兵衛が、

「わたしが、同人の誰かは忘れたが、ある人から聞いた口入れ屋『もみじ庵』に付添いの依頼に行きましたら、主の忠七さんから、浪人の秋月さんが空いてますと勧められたんですよ。いや、そのお名は前々から噺家の三治さんからうかがっていましたので、もしかして浅草元鳥越の『市兵衛店』にお住いの秋月さんですかと聞いたら、そ

うだと仰る」

その顚末を三治に話して、「そんなこともあるもんですな」と、喜兵衛はしきりに唸ったようだ。

「みんなが集まるまでに、今日の吟行の流れをお伝えしておきましょう」

喜兵衛はそういうと、今日集まるのは、俳人の石山桃園以下、商家を隠居した元主が二人、琴の女師匠、役者、茶人、絵師だと話した。

道灌山に着いたら、近隣を歩いて、春の草花、春の野を愛でる人々、摘み草をする娘たちの光景を眺めて句を捻った後、上野不忍池畔の料理屋に場所を移す。

そこで昼餉を摂り、その後句を披露して、桃園に『天』『地』『人』の各賞を選んでもらい、吟行を終えるという段取りが喜兵衛から語られた。

すると折よく、上野東叡山の時の鐘が六つを打ち始めた。

黒門の周辺は日の出前から多くの人出があった。

春が深まるにつれ、夜明けとともに、寺参りや周辺を散策する人々が黒門から上野山内に入って行ったり、広小路を横切って不忍池や湯島の方へ向かったりする流れが出来るのだ。

時の鐘が打たれはじめると同時に、句会の同人がおいおい集まり出した。

最初にやって来たのは、三十ばかりの立役の役者だった。続いて、六十ほどの味噌屋の隠居、五十くらいの居士衣姿の茶人、四十は越したと思える琴の女師匠は、若い女の弟子を付添わせて現れた。

その後に続いたのが、六十に手の届きそうな絵師と、弟子と思しき若者を従えた六十は超えたと見える石山桃園である。

「あと、お一人ですな」

喜兵衛が呟くとすぐ、

「こっちに来るあの駕籠だよ」

よく通る声を出した役者が、広小路の方を指さすと、駕籠舁きに担がれた辻駕籠と並んで歩く女中の姿があった。

辻駕籠が黒門に止められるとすぐ、

「つきましたぜ」

声を掛けた駕籠舁きの一人が、垂を駕籠の上に捲り上げる。

するとすぐ、付添って来た女中が草履を並べて腰を下ろし、駕籠に乗っていた客の腕を両手で抱え、ゆっくりと立たせて、足袋を履いた足を草履の鼻緒に通させた。

長らく付添って心得たと思える女中の一連の動きは、見事である。

その女中から駕籠代を受け取った駕籠舁きが去ると、

「遅くなりまして」

駕籠から降りた老婆が、一同に頭を下げた。

「なんのご隠居、鐘はまだ打ち終わっていませんよ」

年の近い桃園が、ご隠居と呼んだ同人に笑みを向けた。

ご隠居と言われたその同人を見て、六平太は瞠目した。

「あ」

そんな声を出したのは駕籠に付いていた女中である。

横にいた老婆が六平太の方に顔を向けると、紛れもなく、木綿問屋『信濃屋』のご隠居のおすげだった。

「『信濃屋』のご隠居は、付添い屋さんと顔見知りでしたか」

喜兵衛が尋ねると、

「ええ。いつぞや倅のことで、なんですか、きつく窘められましてね」

おすげは穏やかにそう返答した。そしてすぐに、

「今日は、こちらの付添い屋さんがどんな仕事ぶりか、とくと拝見させていただきますよ」

六平太に向かって、柔和な笑みを向けた。

これはまずい――六平太は、腹の底で呟いた。

ここでまた気嫌を損ねてしまえば、『もみじ庵』の忠七が悲しむことになるのだ。

道灌山は、日暮らしの里と呼ばれる新堀村にある。

上野東叡山から続く高台にある道灌山は眺めも良く、遠くは日光や筑波の山も見え、東方の下総まで望めた。

眼下には長閑な田圃が広がり、小鳥のさえずりが響き渡る光景を求めて、文人墨客も訪れると聞いている。

初日の出や秋の月見、虫聴きには多くの人が押しかける行楽の地とも言えた。

六平太が桃園句会の同人たちに付いて道灌山に着いた頃、日はさらに上って早朝の冷気はすっかり消え失せていた。

「では皆さん、今から一刻半（約三時間）をめどに、句作に励んで頂きまして、よき所で今居ります松の木の周りにお集まりくださいますよう、お願い申し上げます」

喜兵衛の挨拶で、桃園はじめ同人たちは、句作のために思い思いの場所へと散って行った。

「秋月様も句作に励まれますかな」

残っていた桃園に問いかけられた六平太は、

「いえ。わたしは句会の皆さんが行かれた辺りを見て回らなきゃなりませんので」

片手を頭に遣った。

そんな六平太の脇を、女中を伴ったおすげが、黙って通り過ぎて行った。

道灌山に着いてから一刻（約二時間）が過ぎた五つ半（九時頃）という頃おいになると、草花の生い茂る野原には夏のような日射しがあった。

汗ばむほどではないが、雨風の心配もなく、行楽にはうってつけの陽気となった。

そのせいか、辺りには人が増えた。

家族連れもいれば、若い男女、草を摘む数人の娘たちの明るい声も響き渡る。

一帯を歩いて、桃園句会の同人の様子を見たが、今のところ困ったことはなさそうである。

途中、句作に励む琴の師匠に会ったところで話を聞くと、この時期に摘む草は、ハハコグサ、ハコベ、セリ、ホトケノザなど多種多様だということである。

「ではまたのちほど」

声を掛けて先に進んだ六平太は、摘み草をする三人の娘をからかっているお店の若旦那風の男たちの声を耳にした。

「髷の結綿が可愛いよ」

とか、

「かまわぬ模様の柿茶の着物のお人、構わぬというなら、ひとつ裾を尻まで端折ってくんねぇか」

　とも声がかかると、連れの若者二人が笑い声を上げた。

　摘んだ草を竹籠に入れた娘たちは立ち上がり、その場から去ろうとした。

　すると、先回りした若い男たちが行く手に立ち、

「摘み草なんかより面白いことしようじゃないか」

　などと、盛んに誘いの声を掛ける。

　娘たちは逃げようとするが、男たちは笑ってそれを阻む。

「お前ら、そのくらいでやめろ」

　六平太は見るに見かねて、娘たちと若い男たちの間に体を差し入れた。

「これ以上娘たちを困らせるなら、おれもお前らを困らせるぞ」

「刀を抜くっていうのか」

　三人の中で一番いかつい顔をした男が進み出て、六平太の襟を摑もうとした。

　その刹那、伸びた手を躱した六平太が摑んだ手首を捻り上げると、「イタタタタ」

と声を上げた。

「刀なんか抜かなくとも、困らせることは出来るんだよ」

　静かな声で笑いかけると、突っ立っていた連れの二人は、六平太に腕を取られた仲間を残して駆け去って行った。

「お前、薄情な友達を持ったもんだな」

そう言うと、六平太は若い男の腕を放した。

「チキショウ」

解放された男は、先に行った仲間のあとを、喚きながらよたよたと追って行った。

離れたところに立って成り行きを見ていた娘たちは、六平太に深々と頭を下げた。

それから、四半刻が経って――。

桃園句会の同人たちと六平太が、朝方別れた松の木の周りに集まった。

「それでは皆さん、これから谷中を通って、不忍池の畔、池之端仲町の料理屋へと参ることにいたしましょう」

そういうと、世話役の喜兵衛は、一同の先頭に立って歩き始めた。

「すみません、お待ちくださいい」

同人一行の殿についていた六平太が、背後から届いた若い女の声に、足を止めた。

小走りに近づいたのは、先刻、若い男どもにからかわれていた三人の娘たちだった。

「先ほどは、ありがとうございました。お礼するものがなんにもないので、これを」

一人の娘が、摘み草の入った小さな籠を六平太に差し出す。

「せっかく摘んだのに、わるいね」

六平太が笑みを向けると、娘たちは一様に首を横に振って、笑顔で駆け去って行った。

「なにごとですか」

同人の役者から声が掛かると、ほかの同人たちも好奇心も露わに六平太を見た。

「ちょっと、寄ってきた悪い虫を追い払ってやっただけのことでして」

そういうと、六平太は小さな花籠を一同に向けて掲げて見せた。


花籠を提げた六平太は、桃園句会の付添いを終えた後、神田岩本町の口入れ屋『もみじ庵』に寄って、付添い料二朱（約一万二千五百円）を忠七から受け取り、浅草元鳥越へと足を向けている。

池之端の料理屋で昼餉のお相伴に与った後、六平太は喜兵衛に勧められて句評の場にも出た。

短冊に書かれた句が、一人につき三つか四つ出されて、それぞれから思い思いの寸評が出た。

そして最後に、俳人の石山桃園から、三句が選ばれ、最上位の『天』から二位の『地』と三位の『人』が選ばれたが、『天』の栄誉を受けたのは、還暦近い絵師だった。

散会したあと、玄関先で顔を合わせたおすげに、

「残念でしたね」

と声を掛けた。

すると、何か言いたげに口を動かしたが何も言わず、六平太を睨みつけるようにして駕籠に乗り込んでしまった。

労りの言葉など掛けなければよかったか――柳原土手を新シ橋の方に向かいながらそう思い返したが、後の祭りだった。

神田川に架かる新シ橋を渡れば、浅草元鳥越の『市兵衛店』までは、寸刻で着く。

新シ橋を渡ろうとした時、橋の反対側から袴の裾を翻して駆けてきた侍四人を避けたものの、六平太は体勢を崩し、手の花籠を落とした。

「待てっ」

六平太が大声を発すると、侍たちは腹立たしげな様子で足を止めた。

「おれの持ち物を落としておいて、挨拶もなしか」

路上に草花を散らせて転がった竹籠を指し示した六平太は、伝法な口を利いた。

「おのれ、わしらに言いがかりをつけるのか」

上背のある侍が腰の刀に左手を添えて六平太の方に足を向けた時、

「待てっ」

年かさの侍が両手を広げて上背のある侍の前に立ちはだかった。

そしてすぐ、

「無礼の段、ひらにひらに」

頭を下げると、他の三人を押しやるようにして和泉橋の方へと足早に去った。

六平太は、転がった竹籠を手にして、落ちた草花を拾い上げて籠に戻す。

そこへ、辻八卦の道具を抱えた重兵衛が、大名屋敷脇の小路から辺りを窺いながら姿を現し、和泉橋の方を見遣った。

「貝谷さんは、今の連中から逃げておられましたか」

「うん。いや、ちょっと」

曖昧に返答した重兵衛は苦笑いを浮かべ、

「今日はもう、ここでの仕事はやめます」

と、新シ橋の方に足を踏み出した。

「『市兵衛店』にお帰りなら同道しますよ」

六平太は、重兵衛と並んで小橋を渡り、武家地の道を進む。

「それがし、柳原土手で辻八卦をするのをやめようと思ってます。どこか、別の場所を探しますよ」

重兵衛はため息混じりにそう述べた。

六平太は先月、柳原土手で破落戸に金を脅し取られた重兵衛を離れたところから見たことがあった。

その後、通り掛かった侍たちから、まるで顔を隠すような動きをしたことも思い出した。

「それは、今の侍たちと何か関わりでも」

六平太が問いかけると、

「追われております」

少し間をおいて、重兵衛は答えると、

「いや、何も悪事を働いたということではないのです。そうではないが、追うというか、わたしを捜している者がいるのです。会って危害が及ぶことはないのですが、ちと面倒なことになる恐れがありまして」

言葉を選びながら、慎重に打ち明けた。

道を進み、鳥越川に架かる小橋を渡って鳥越明神前の通りに出たところで、浅草御蔵の方から歩いてくる風呂敷包みを下げた小四郎と出くわした。

「今お帰りか」

六平太が声を掛けると、

「はい」

小四郎は頭を下げた。

「それじゃひとつ、うち揃って『市兵衛店』に向かいますか」

そういって六平太が先に立つと、その後ろに重兵衛父子が続いた。

二

四谷にある相良道場の朝の稽古が終わったのは、四つ（十時頃）だった。

五つ（八時頃）に始まってから半刻（約一時間）、若い門人たちを相手に木剣を振った六平太は、首筋あたりにじんわりと汗をかいて、道場脇の更衣所に入った。

句会の吟行の付添いで道灌山に行った二日後である。

稽古着をつけたまま首筋の汗を拭いていると、

「秋月様、源助です」

廊下から声がかかり、開け放した板戸の外に下男の源助が立って、

「相良先生が、離れへお出でいただきたいとのことでございます」

源助が口にした離れというのは、道場の師範、相良庄三郎の居室である。

「稽古着を着替えたらすぐに行く」

「それが、先生は、着替えがまだならそのままでお出で下さいとのことでして」

源助のいうことに軽く首を傾げたが、

「分かった」

そういうと、六平太は更衣所から廊下へ出た。

「源助、案内は無用だよ」

廊下の岐路で声を掛けると、

「それでは」

源助は台所のある建物の方へ歩き去り、六平太は短い渡り廊下の先にある離れへと向かう。

「秋月ですが」

離れの回廊に膝を突いて声を掛けると、

「入るがよい」

庄三郎の声が返ってきた。

「ごめん」

六平太は障子を引き開けて、中に膝を進める。

三方を囲っている障子に日の光が当たって、部屋の中を明るく照らしていた。

庄三郎の前には後ろ髪を垂らした女が膝を揃えており、その斜め後ろには門人の沢田庄助が羽織袴姿で畏まっていた。

「六平太は、この戸根崎伊奈様とは対面しているそうだな」

庄三郎からの思いもよらない問いかけに、六平太は少し慌てたが、向かいに座しているのが、久世家の抱屋敷で顔を合わせた女剣士だということが分かった。

「つまり、久世大和守様のご息女であられる」

「は」

庄三郎がなぜ伊奈を前にしているのか、そのわけが分からず、六平太はなんと返事をしていいのか、戸惑うばかりである。

「この伊奈様は、流派は違えど、わしが以前から交誼のある小野派一刀流、戸根崎道場の主、戸根崎源二郎殿の姪御に当たられるのだよ」

「はぁ」

戸根崎源二郎の名に覚えのない六平太は、またしても頼りない声を洩らした。

「つまりな、六平太を抱屋敷に招かれた菊代の御方様は、戸根崎源二郎殿の妹御に当たるのだ」

「わたしは、母の生家である戸根崎の姓を名乗っております」

硬い表情のまま、伊奈が明かした。

しかし、この場に呼ばれたわけが分からない。

「それで、わたしに何か」

六平太が静かに口を開くと、

「母の難儀を助けていただいた秋月殿の剣術を知りたく、相良先生に立ち合いのお許しを願い出ていたところです」

　伊奈がよどみなく申し述べた。

「あぁ、それは生憎でした」

　笑みを浮かべた六平太は、

「稽古の帰りに神田の口入れ屋に寄って、仕事があるかないか聞かなきゃなりませんので」

　伊奈に向かって、小さく頭を下げた。

「その用は、日延べすることは出来ませぬか」

　伊奈は、六平太に向けていた眼に力を籠めた。

「日延べは出来ますが、それよりも、生憎この相良道場は、他流との立ち合いは禁じられておりまして」

　六平太の言葉に、伊奈の背後に畏まっていた庄助が、相槌を打つように大きく頷いた。

「しかしまぁ、いいではないか」

　庄三郎の口から、意外な声が飛び出した。

「銭金が目当ての道場破りというわけでもなし、申し出を受けてはどうか」

「先生がそう申されるならお受けしますが、小野派一刀流は竹刀を使っての稽古と聞いておりますが」

六平太はそう言うと、庄三郎に向けていた眼を伊奈へと動かす。

すると伊奈は、

「こちらの流儀に合わせて、わたしも木剣にて立ち合います」

敢然と言い放った。


武者窓から射し込む日の光が、相良道場の板張りに届いている。

道場の見所には庄三郎が膝を揃えており、その目の前には朝の稽古を終えた時のままの稽古着姿で六平太が端座していた。

板張りの壁際には、庄助はじめ、朝の稽古のあと残っていた若い門人三人が息を詰めて居並んでいる。

「入ります」

廊下から声がして、襷掛け(たすきが)をした伊奈が道場に姿を現すと、六平太と向き合って正座した。

するとすぐに、庄助が歩み寄って、伊奈の脇に木剣を置き、急ぎ壁際に戻る。

「此度(このたび)の立ち合いは、一本勝負。剣を当てなくとも、有利不利の形勢を見て判定を下すことにいたす」

厳かな庄三郎の声に、六平太と伊奈は叩頭して木剣を手に立ち上がる。

「はじめ」

庄三郎が鋭い声を発すると、向かい合った両人は一礼して、静かに木剣を向け合う。

六平太は正眼に構え、伊奈は八双の構えを取る。

八双の構えのまま伊奈が横に回ると、六平太はその場に留まったまま、足先の動きだけで、相手と正対する動きを取った。

「たぁっ」

半周ほど動いたところで、伊奈は体の右側から木剣を振り上げる。

正眼のまま後ろに退いた六平太に、伊奈の二の太刀が繰り出された。

その木剣を真上から叩いて六平太は後方へ飛び退く。

間合いを取ることもなく、伊奈から突きが繰り出される。

二度三度と木剣を打ち合うと、両者とも後ろへ飛んで、間合いを取る。

その体勢のまま、両者は円を描くように動く。

それに焦れたのか、いきなり伊奈が突きを繰り出した。

「とぉ、とぉ、とぉ！」

伊奈の木剣の切っ先が胸に届く寸前、咄嗟に体を躱した六平太は、目標を失って及び腰になった相手の木剣を上段から思い切り叩く。

並みの使い手ならそこで木剣を落とすところだが、持ちこたえた伊奈は壁際まで駆けて行くと、すぐに振り向いて立て直し、上段に構えた。

六平太がゆっくりと下段に構えると、伊奈がツッと間合いを詰める。

六平太がツッと退くと、相手はツツツとさらに詰める。

足を止めた六平太が下段の構えを崩して八双に木剣を移した時、

「たぁっ」

声を発した伊奈が、その機を待っていたかのように木剣を振り下ろした。

その攻めを察知していた六平太は、木剣の峰を振り上げると伊奈の木剣を撥(は)ね上げた。

手がしびれたのか、相手の手から木剣が飛んだと見るや、六平太は素早く伊奈の首筋近くに木剣の刃を向けて、寸止めした。

「勝負あり！」

庄三郎の声が鋭く響き渡った。

板張りに落ちて転がっていった伊奈の木剣が、壁の板にぶつかって止まった。

木剣を左手に持った六平太は、対戦前の場所に立って伊奈を待つ。

だが伊奈は、勝負のついた場に突っ立ったまま、両手の拳を握りしめている。

「伊奈様」

庄三郎から声が掛かると、弾(はじ)かれたように六平太と向き合い、礼を交わすや否や、

「帰ります」

足早に道場を去った。

「失礼いたしますっ」

急ぎ腰を上げた庄助は、伊奈を追って廊下に飛び出した。

六平太は、見所を立った庄三郎と共に廊下へと出た。

「磨けば光る腕なのだが」

「はい」

六平太は同意を示したが、

「しかし、礼儀作法がなっておりません」

軽く苦言を呈して、更衣所の前で足を止めた。

「着替えたら、台所で茶でも飲んでいくがいい」

庄三郎はそう言い残して、台所のある建物の方へと足を向けた。


日没まではあと四半刻はありそうな刻限だが、『市兵衛店』は西日を浴びていた。

小道を通って六平太が表から井戸に差し掛かると、

「お帰り」

井戸端で洗い物をしていたお常から声が掛かった。

すると、

「お帰りなさい」

足を洗っていた大道芸人の熊八からも声が掛かる。

「お常さんは、夕餉の仕度は済んだようだな」

六平太は、笊や俎板などを洗っているお常を見て問いかけると、

「秋月さんは、これから仕度ですか」

「仕度も何も、夕餉のことを忘れてたよ」

六平太はそう言うと、裾をからげて帯に留め、足袋を脱いだ。

「足洗うなら、水を汲みましょうか」

返事も聞かず、熊八が釣瓶を井戸に落とす。

「熊さん、お前夕餉はどうするよ」

「久しぶりに表通りの『金時』ですかね」

熊八の口から出たのは、『市兵衛店』から一町ほど東にある居酒屋である。

「今夜はおれも、その手しかねぇなぁ」

六平太はそういうと、熊八が汲んでくれた水を桶に移して、足を洗い始める。

四谷の相良道場からの帰り、六平太は神田の口入れ屋『もみじ庵』に立ち寄ってい

た。

「この先、付添いの口はまだありませんな」

仕事の口を尋ねた六平太に、忠七からはつれない返事があった。

それは今に始まったことではないので、聞き流せばいいことだった。

「そうそう、秋月さん。一昨日の桃園句会の吟行には、あの『信濃屋』のご隠居様が加わっておいでだったとか」

忠七が口にしたことは、六平太の気を引いた。

今日の昼前、『信濃屋』の太兵衛が、奉公人の出替りのことで『もみじ庵』に問い合わせに来たという。

その折、句会の吟行の付添いに六平太が来たことを知ったと太兵衛が口にしたのだ。

ご隠居のおすげはそのことに一言も触れなかったが、隠居付きの女中が話のついでに六平太の付添いを話題に上らせたらしい。

「秋月さん、一昨日の吟行で、ご隠居様と揉めるようなことはなかったのですね」

忠七から冷ややかな不審を向けられたが、何事もなく帰りの駕籠を見送ったと答えると、ほっとしていた。

洗った足を懐から出した手拭いで拭き終わった時、

「お帰りなさ――」

言いかけたお常の声が、途中で途切れた。

辻八卦の道具を抱えて表から帰って来た重兵衛は、萎れた様子で会釈をして通り過ぎ、二階家の二軒目に入って行った。

「なにやらふさぎ込んでおいでですな」

熊八の呟きを聞くとすぐ、六平太は裸足で草履をつっかけて井戸を離れると、

「開けますよ」

重兵衛の家の戸を開けて、土間に足を踏み入れた。

「何かありましたか」

板張りで胡坐をかいていた重兵衛に声をかけると、

「一昨日、侍に捜されているということを話したでしょう」

顔を俯けたまま、弱々しい声で答えて、

「柳原土手に行くのはやめて、昨日から、小伝馬町の牢屋敷裏に『易』の幟を立てたんです」

そう決断して場所を替えた重兵衛の判断は功を奏したという。

悪事を働いて捕まり、牢に繋がれている連中の身内や知り合いが牢屋敷に訪れた後、先々の幸不幸を占いに重兵衛の辻八卦を訪れたので、一日の実入りはこれまでよりも多かった。

しかし、好事魔多しというのか、今日の昼過ぎ、辻八卦の台についていた重兵衛のところに堅気とは見えない男たち三人がやって来て、

「この場所は、香具師の『赤地蔵』一家が取り仕切っているから、ここで仕事をするなら場所代を払ってもらう」

相手にそう凄まれたと、嘆きとともにため息をも洩らした。

今日は、仕方なく儲けのうちから百四十文（約三千五百円）を差し出した。

明日からも続けたいなら、十日に一度、二百文（約五千円）を受け取りに来ると男どもは迫った。

「十日に一度二百文を取られれば、ひと月では六百文（約一万五千円）となり、小四郎の学問所に掛かる費用が賄えなくなる恐れがあります。そのうえ、わたしを捜している侍にいつ遭遇するかも知れず、こちらに住んで間はないのですが、どこか遠い場所に住まいを替えようかとも」

そこまで話をした時、重兵衛は口を閉ざした。

するとすぐ、小四郎が階段を下りて来て足を止めた。

「居たのか」

重兵衛が口を開くと、

「父上を捜している侍とは、誰なのですか」

小四郎が問いかけた。

そのことは六平太も気になっており、さりげなく重兵衛の様子を窺った。

「お家に仕えていた時分の因縁があるのだが、お前が心配することはない」

「しかし、遠くに住まいを移すなど、穏やかではありません」

小四郎の声に、重兵衛は戸惑ったように押し黙った。

「本当にその気なら、おれの知り合いのいる音羽で空き家を見つけられるかもしれんが」

六平太が静かに口を挟むと、

「ご厚意はありがたいが、音羽からでは、深川の学問所まで小四郎が通うにはあまりにも遠すぎて、不便かと」

「父上、わたしのことで物事を決めないでください。今、難儀しておいでなのは父上ではありませんか。わたしなら、学問所をやめればいいだけのことです」

小四郎の口から、これまで聞いたことのない強い声が飛び出した。

「それはならん！」

重兵衛は、これまで見せたことのない厳しい顔を小四郎に向けた。

これほど熱く激しく向き合う父子の姿を目の当たりにした六平太は、いささか心打たれていた。

「秋月さん、どうかしましたか」

外から気遣うようなお常の声がすると、

「お常さん、すまない。ちと親子喧嘩をしてしまってね」

重兵衛は、戸口の外に柔らかい声で言い訳をした。

「大したことないならいいけど」

そう呟くお常の声がして、戸口から足音が遠ざかった。

「貝谷さん、音羽にっていうのは、あくまで仮の住まいだよ」

「しかし」

「小四郎さんの学問所行きは、三日に一度だろう。その時だけ、前の日に『市兵衛店』に戻って、翌朝学問所に行くようにすればいいじゃありませんか」

「そうなると、二か所に店賃を払うことに――」

小声を洩らして、重兵衛は首を捻る。

「いや、音羽の方なら、一月二月くらいは店賃の心配はしなくてもいいように、おれが口を利くし、音羽界隈で辻八卦の商売が出来るよう、土地の知り合いに頼んでやることも出来るぜ」

そういう六平太の頭には、毘沙門の甚五郎と、幾つか家作を持っている小間物屋『寿屋』の八郎兵衛の顔が浮かんでいた。

「ずっと音羽にいることはないんですよ貝谷さん。追っている者の眼からしばらく姿を隠して、柳原土手周辺から消えたと思わせて諦めさせるだけですよ。それよりも、とにかく、小四郎さんには学問所通いを続けてもらいたいじゃありませんか」

六平太が言い終わると、重兵衛と小四郎が、小さく頭を下げた。

三

五つを知らせる時の鐘が打たれてから四半刻が経った目白坂を、六平太は髪結いの道具箱を下げたおりきと並んで坂下へと下っている。

前日から音羽に来ていた六平太は、関口駒井町のおりきの家で朝餉を摂ると、髪結い仕事に出掛けるおりきとともに家を出た。

『市兵衛店』の住人、重兵衛に音羽への仮住まいを勧めてから五日が経った三月の十日である。

護国寺の門前から江戸川橋へと下る道幅の広い参道を下り切った桜木町でおりきと別れた六平太は、参道の緩い坂をゆっくりと上り始める。

足を向けているのは、音羽四丁目裏の鼠ヶ谷下水近くにある『八郎兵衛店』である。

その長屋は、『吾作』の主、菊次の女房になる前のお国が、かつて、倅の公吉と暮らしていた棟割長屋で、小間物屋『寿屋』の主、八郎兵衛の持ち家だった。

六平太は、『市兵衛店』から他所へ転宅しようと思案する重兵衛の思いを知った翌日、早速音羽に駆け付けて八郎兵衛に会い、空き家の有無を尋ねた。

折よく『八郎兵衛店』に空きがあり、辻八卦を生業にする重兵衛の仕事場を変えたい事情と、深川の学問所に通う倅との折り合いをつけるために、しばらく二か所に家を持たなければならない事情を話すと、八郎兵衛は受け入れてくれたのである。

だが、重兵衛が何かいわくのある侍に追われていることは伏せていた。

音羽五丁目と四丁目の間の道を東に折れて鼠ヶ谷下水に突き当たったところを左へ曲がった先に『八郎兵衛店』があった。

その表に停められた大八車をすり抜けて木戸から奥へ足を向けると、路地に置いてある七輪、鍋釜などを、重兵衛、小四郎、熊八が開けっぱなしの戸口から家の中に運び入れていた。

「なんだ、もう着いてたのか」

六平太が声を上げて土間に足を踏み入れた。

「夜明けとともに浅草元鳥越を出ましたら、一刻ばかりで着いてしまいましたよ」

熊八がそういうと、

「荷も軽いうえに、三人掛かりで曳いたり押したりしましたから楽でした」

重兵衛も笑顔で応えた。

「運び入れたら、特段片付けることもなさそうだな」

隅に置かれた夜具や土間近くの水屋を見回した六平太は、うんうんと頷いて框に腰を掛けた。

「おはようございます」

戸口の外から声を掛けたのは、前掛け姿の穏蔵である。

するとすぐ、小間物屋『寿屋』の八郎兵衛も横に立ち、

「秋月様もおいででしたか」

と、頭を下げた。

「貝谷さん、この人が『八郎兵衛店』の家主の八郎兵衛さんですよ」

六平太が手で指すと、重兵衛と小四郎が土間の框に並んで膝を揃え、

「今日から世話に相成ります。貝谷重兵衛でござる」

重兵衛が深々と頭を下げると、小四郎もそれに倣った。

「こちらが、学問所にお通いのご子息ですね」

「はい」

小四郎の凛とした声に笑みを浮かべた八郎兵衛は、

「貝谷様のこの度の転宅のご事情は秋月様から伺っております。店賃のことは気にな

さらず、気兼ねなくお過ごしください」

そう口にしたが、

「いえ、なんとか仕事を得て、店賃は納めたいのです。代書や車曳きもするが、夜の道端で辻八卦も出来ればと秋月さんに頼んではいるのですが」

重兵衛は意欲を見せた。

「門前町に辻八卦の台を置くとなると、一応、毘沙門の親方に骨を折ってもらおうかと」

六平太がそう言うと、八郎兵衛は「あぁ、それがよろしいですね」と声に出して、大きく頷いた。

熊八の声に、

「わたしは車を曳いて引き上げるが、小四郎さんはどうなさるかね」

「明日は深川ですから、熊八さんと一緒に引き上げます」

小四郎はそう返答して、その場で立ち上がった。

六平太や八郎兵衛、穏蔵は路地に出て、履物を履く熊八と小四郎に土間を広く空けた。

熊八と小四郎に続いて重兵衛も路地に出ると、

「うちの穏蔵と年恰好(としかっこう)は同じですかな」

八郎兵衛が重兵衛に声を掛けると、

「十六です」

小四郎が答える。すると八郎兵衛は穏蔵を向いて、

「同じだね」

と笑いかけた。

「お店の後継ぎですかな」

重兵衛が穏蔵に笑いかけると、

「そのつもりでおりますが」

八郎兵衛は曖昧な笑みを浮かべて頭を下げた。

それに釣られたのか、穏蔵と小四郎が小さく会釈を交わした。

「それじゃ、わたしらはこれで」

熊八が重兵衛に声を掛けると、

「『市兵衛店』の皆さんに、くれぐれもよしなに」

重兵衛は小四郎に念を押す。

小四郎は頷いて、表へ向かう熊八に続いた。

「貝谷さん、おれは関口の方に引き上げるが、何か困ったことがあれば、この八郎兵衛さんに聞くか、居酒屋『吾作』の場所を聞いて、菊次って奴に相談してください」

そう言い残して、六平太は八郎兵衛と穏蔵の先に立ち、参道へと向かう。

参道を右に折れた少し先にある小間物屋『寿屋』に向かおうとする八郎兵衛が、

「秋月様」

と声を掛け、穏蔵と共に足を止めた。

「前々から案じておりました仮祝言のことでございますが、穏蔵が、美鈴との仮祝言をはっきりと承知してくれましてございます」

八郎兵衛が腰を折ると、穏蔵は声もなく、六平太に頭を下げる。

「そうか」

一言、呟くように口にすると、六平太はゆっくりと坂の下へと足を踏み出した。


居酒屋『吾作』の戸が大きく開かれると、職人風の二人の男が、煮炊きの煙と一緒に表へと出て行く。

戸口の外は、いつの間にかすっかり暮れていた。

「気を付けてぇ」

送り出したお国が、客が閉め忘れた戸を静かに閉める。

入れ込みの板張りから、賑やかな客の話し声が土間の奥の六平太、おりき、甚五郎たちの元へ届いている。

三人が着いた卓の上には、炒り豆腐、鰯の梅煮、和布とウドと赤貝の酢の物などが並び、二合徳利が二本立っていた。

徳利を持った六平太が、甚五郎の盃に酒を注ぎながら、

「『寿屋』の八郎兵衛さんに聞きましたが、穏蔵は仮祝言を承知したようです」

静かに口を開いた。

「二日前、八郎兵衛さんがおれのとこに挨拶に見えましたよ」

そういうと、甚五郎は盃を口に運んだ。

「お前さんが、穏蔵の後押しをしたのか」

「なんのことです？」

おりきは、こんにゃく煮に伸ばしかけた箸を止めて六平太を見た。

「穏蔵は、おりきのいうことなら聞くとかなんとか言っていたからさ」

六平太は、幾分皮肉めいた物言いをした。

「わたしは、関わりありませんがね」

冷ややかな返事をすると、おりきはこんにゃくを摘まんで口に入れる。

「わたしが穏蔵に確かめたところ、自分一人の考えで決めたと言ってましたよ」

甚五郎がおりきの言ったことを裏付けた。

「穏蔵さんはきっと、周りの連中の返事を待ってちゃ埒が明かないと思ったに違いあ

りませんよ」

おりきの言葉に、六平太は苦笑いを浮かべて盃の酒を飲んだ。

「いらっしゃい」

客のもとに料理を運んで板場に戻りかけたお国が、入って来た客に声を掛けた。

「こっちだ」

六平太が、入って来た重兵衛に手を上げた。

「引き合わせたい男がいるので、夕餉を摂るつもりで来ないか」

六平太が夕刻、八郎兵衛店に行って重兵衛に声を掛けると、湯屋の帰りに立寄るとの返事だった。

そこで『吾作』の場所を教えていたのだ。

風呂桶を抱えた重兵衛は、お国について六平太たちのいる卓にやって来た。

「この前から話をしていた、貝谷重兵衛さんですよ」

六平太は甚五郎とおりきに引き合わせると、

「こちらが、音羽では頼りがいのある毘沙門の甚五郎さん。こっちは、音羽の、ま、おれの宿主だな」

おりきを指してそう告げた。

「この度は、何かと世話になりましたようで」

重兵衛は甚五郎とおりきに頭を下げる。

「秋月さんから、音羽で辻八卦をしたいということを聞きましたが、町役人や香具師の元締にもひと言いっておいた方がいいと思いますんで、それからのことで構いませんか」

甚五郎が話をすると、

「よろしくお願いします」

重兵衛は腰を折った。

すると、

「なぁにね、蛇田の蜂助って元締は筋さえ通せば仏のような親方だから、心配することはありませんよ。それに、毘沙門の親方の口利きとあれば、大船に乗ったようなもんです」

板場から顔を出した菊次がそういうと、重兵衛は大きく息を吸い、そして吐いた。

護国寺門前の参道の両側には、料理屋や旅籠などが軒を連ね、一本裏の通りには飲み屋や岡場所、楊弓場、水茶屋など色香を売る店があり、夜遅くまで人通りが絶えない。

だが、裏通りの下水脇に立つ『八郎兵衛店』にその喧騒は届かない。

行灯(あんどん)の明かりのともる一室で、六平太は長屋の住人となった重兵衛と胡坐をかき、向き合って酒肴(しゅこう)を口にしていた。

「飲みませんか」

先刻、『吾作』に現れた重兵衛に、六平太が同席を勧めたが、

「酔いが回ると帰れなくなりそうですので」

朝から動いて疲れているという重兵衛は、長屋に戻ると返答したのだ。

その重兵衛に同行することにした六平太は、菊次から通徳利に酒を入れてもらい、途中、食い物を買い求めて『八郎兵衛店』にやって来たのである。

「秋月さん、ここなら誰にも聞かれることはないと思いますので、お話ししておこうと思います」

酒を二、三杯飲んだところで、重兵衛が少し改まった調子で言った。

そして、

「わたしが追われているというか、捜されているというそのわけを、その」

「おれは、なにも詮索するつもりはありませんよ」

六平太は、穏やかな声で笑みを浮かべた。

「いえ。小四郎にも関わることですので、知っていていただきたいのです」

「分かった。聞こう」

そういうと、徳利を摑んで、重兵衛の湯呑と自分の湯呑に酒を注いだ。

「わたしは、下野国烏森藩大久保家、江戸屋敷詰めの徒士小頭でした」

重兵衛の告白は意外でもなく、六平太は黙って頷く。

「二十四の頃から、江戸勤番となり今日まで江戸におります。ところが、十六年前の文政元年、国元の貝谷家は断絶となり、わたしは、江戸藩邸を追われました」

重兵衛の過去が、六平太が主家に追われた時期とその状況があまりにも似ていることに、思わず笑い出しそうになった。

貝谷家が断絶の憂き目に遭ったわけを知ったのは、浪人になって一月以上も後のことだと重兵衛は明かした。

国元で郡方を務めていた川俣家の当主である文蔵に嫁いでいた重兵衛の妹、早苗の不義密通が夫に知れたとのことだった。

早苗と川俣家の家士である片島平吾との不義が露見すると、平吾は文蔵によって手討ちとなった。

早苗はすぐに離縁となり、藩内の実家に帰された。

しかし、元の屋敷に住むことは出来ず、二親と早苗は、先代の頃から貝谷家の下男を務めていた末松という老爺の口利きで、城下から離れた農村の無住の百姓家を借りて三人で住んだ。

「江戸の住まいは末松に知らせていたので、親と妹の様子は父親の文で知ることが出来たのです。ところが、お家を追われてから半年後、父親から届いた文に、妹の早苗が男児を生んだと記してあり、産後の肥立ちが悪く、妹は子を生んで二月後に死んだともありました」

そこで、重兵衛は大きく息を継いだ。

「妹は息を引き取る直前、生んだ子の父は、夫文蔵ではなく、嫁いだ川俣家の家士であった片島平吾であると言い残したというではありませんか」

「なるほど」

呟くと、六平太は湯呑の酒をちびりと口に含んだ。

その後も、末松の住む村で暮らしていた重兵衛の二親は、早苗の死から三、四年の間に、相次いで死んだという。

娘の死で、親から気力が失せたのではないかと重兵衛は推察したが、気懸りは妹が生んだ男児のことだった。

重兵衛は、国元の末松に妹の遺児を引き取ると知らせると、その一月後、四つになった妹の子を連れて末松が江戸の重兵衛のもとにやってきた。

その子こそ、重兵衛の妹が小四郎と名付けた男児だった。

「すると、あの小四郎殿は、実のご子息ではないのか」

六平太がくぐもった声を発すると、重兵衛は黙って頷いた。

そして、

「小四郎は妹の子ではありますが、末松に、江戸の父上のもとに届けると聞かされてきた小四郎は、わたしを父と信じ、今日までそのように」

重兵衛はそういうと、大きく息を吐いた。

六平太の口からも、小さな息が洩れた。

「ところがいま、その小四郎の身に容易ならぬことが起きようとしているのです」

「というと」

徳利を摑んだ六平太が、注ぐのをやめて問いかけた。

「昨年の冬の初め頃、五年前に死んだ末松の倅から思いもよらない知らせが届いたのです」

重兵衛は、思い詰めた声で語り始めた。

その知らせによれば、重兵衛の妹、早苗を離縁して半年後、川俣文蔵は後妻を娶ったものの、生まれた男児を幼くして病で失ったあと、跡継ぎになる男児も、女児さえも授かることはなかったという。

後継ぎがいなければ家名の存続にも関わるというので、川俣家では養子の獲得に奔走したが、それも今日まで、実ることはなかった。

季節になると、烏森藩の城下にいる知人に青物や柿、栗などを届けていた末松の倅は、この秋、貝谷家と親しくしていた祐筆(ゆうひつ)を務める屋敷に届け物をした。

その際、その家の主から思いもよらない話を聞かされたと、重兵衛への文に記されていたというのだ。

「近年まで跡継ぎのめどが立たなかった川俣家が、わたしの妹が、城下から離れた末松の家で男児を生んで死んだらしいと聞きつけて、二年ほど前、末松の倅に確かめに来たそうです。その時、倅は、妹が男児を生み、その後死んだことも知っていると明かしたということです。わたしの二親が相次いで死んだあと、末松が幼い小四郎を連れて江戸へ向かったことも話したそうですが、末松の倅は、自分の父親がどこの誰に小四郎を渡したかは知らないと、わたしの名は隠し通してくれたそうです」

しかし、妹の早苗が生んだ男児なら川俣家の血筋に違いないとして、文蔵はその男児の行方を追い始めたのだった。

早苗の不義密通に絡んでお家から追放された貝谷重兵衛の行方探しを、江戸屋敷の友人知人に依頼したところ、浪人となった重兵衛が江戸にいるらしいということが分かり、共に暮らす少年の存在も浮かんできたということだった。

江戸屋敷の徒士小頭だった重兵衛なら、藩主の登城、外出の警備に就くことも多く、他の藩士に顔も名も知れていたのだろう。

「川俣文蔵は、その時から江戸勤番を願い出ていたらしいのですが、ついに昨年の夏、藩主の参勤交代の列に加わって国を離れると、そのまま江戸勤番となったのです」

　そこまで話した重兵衛は、大きく肩を上下させた。

「柳原土手でおれが見かけた侍たちの中に、その川俣文蔵もいたんですか」

「それが、分からんのです。妹が川俣家に縁付いたのは、わたしが江戸勤番になったあとのことでしたから、名は知っていても、顔に見覚えがなく」

「なるほど」

　六平太は呟くと、徳利の酒を重兵衛と自分の湯呑に注ぐ。

　そしてすぐ、

「しかし、あの侍たちは柳原土手にどうして二度も現れたのかね」

　六平太が不審を口にした。

「烏森藩大久保家の上屋敷は小石川御門内飯田町ですが、中屋敷は日本橋浜町なんですよ。辻八卦をしていた柳原通は、上屋敷への行き帰り、湯島天神や増上寺などの行き帰りに通ることもありますから、わたしの顔を見知った誰かに見られたということかと」

「それで、転宅を急いたのですか」

　六平太の声に、重兵衛が小さく頷いた。

「小四郎殿は、重兵衛殿が実の父ではないとは」

「知らぬと思います。今頃になって伯父と知れば、なにかと気遣いましょう。ですから、今後も今まで通りでよいと」

自分に言い聞かせるように口にすると、重兵衛は小さく頷く。

「その、妹御の元の亭主は、小四郎殿の顔は」

「川俣文蔵は、見たこともないと思います」

そう断じると、重兵衛は湯呑を口に運んで、飲んだ。

四

昨夜は雨が降ったものか、濡(ぬ)れた赤坂円通寺坂(あかさかえんつうじざか)に朝日が当たってきらきら輝いている。

その坂を、菅笠(すげがさ)をつけた六平太がゆっくりと上がっていた。

行先は、久世家のお抱屋敷である。

音羽に転宅した重兵衛から、小四郎が甥(おい)であるということを打ち明けられた日の翌日、浅草元鳥越町への帰途、六平太が神田の口入れ屋『もみじ庵』に寄ってみると、赤坂のお抱屋敷から、付添いの依頼が届いていた。

菊代の方の生家、戸根崎家の母方の親戚の法事が執り行われる、増上寺に近い飯倉(いいくら)町の瑠璃光寺(るりこうじ)への付添いだった。

音羽の『八郎兵衛店』で、重兵衛から浪人になった顚末(てんまつ)を聞いた夜から四日が経った、三月十四日である。

今朝早く起きて井戸に行くと、珍しく早起きの三治が顔を洗っていて、

「今日は、盛りの過ぎた桜を見に行くという我儘(わがまま)な御贔屓(ごひいき)の腰巾着になります」

とぼやいた。

六平太がその場で、三治が親しくしている深川の料理屋の娘、お紋(もん)に頼みごとがあるのだというと、

「今日の八つ（二時頃）に、富ヶ岡八幡宮(とみおかはちまんぐう)の茶店で会うことになっておりますから、そこへおいでになりませんか」

三治に誘われた六平太は、それに乗っていた。

六平太の頼み事というのは、重兵衛がいずれ浅草元鳥越に戻ってきたときのために、深川で顔の利くお紋の父親に会わせてほしいということだった。

浅草元鳥越から日本橋を通り、芝口橋(しばぐちばし)から堀沿いに赤坂へと足を向けた六平太は、溜池の先から円通寺坂を上る道順を取っていた。

お抱屋敷の門を潜って進むと、式台の近くには女乗り物が置かれ、近くには四人の

陸尺が膝を突いており、庄助と若い家士二人、先日見かけた二人の女中、挟箱持一人が控えているのが眼に入った。

「秋月様、本日の付添い、ありがとう存じます」

進み出た庄助が、頭を下げ、

「わたしは寺には付いていけませんので、よろしくお願いいたします」

「それでこのおれにお鉢が回ったのか」

小声でぼやいた六平太に、庄助は深々と頭を下げた。

その時、奥からやって来た幸右衛門が式台に立つと、老女の浪野を従えた菊代の方が足を止めた。

すかさず式台に進んだ二人の女中が、菊代の方が差し伸べた手を取って、揃えられた草履に足を載せる手伝いをした。

それがうまく運ぶと、浪野は式台に膝を揃えたから、供には加わらないものと見た。

菊代の方が一人の年かさの女中に手を取られて乗り物に向かいかけた時、足音を立てて現れた羽織袴姿の伊奈が、網代笠を手にしたまま式台を下りるなり、

「その者が何故ここにおるのか」

突っ立っていた六平太に指をさして、鋭い声を上げた。

「戸根崎家の法事に参られる御方様の付添いにございます」

菊代の方近くにいた幸右衛門が静かに答えると、

「なにゆえ、浪人にそのような大役を任せねばならぬのか」

伊奈はさらに声を張り上げた。

「先日、伊奈様に同行をお願いしたところ、その日は戸根崎道場に参られると伺いましたので、口入れ屋『もみじ庵』に頼んだ次第」

「剣の使い手なら、沢田庄助や服部清兵衛がおろう」

伊奈が、幸右衛門の言葉を断ち切ると、

「庄助はこれから納戸方の中松慎吾と上屋敷へ参る用があり、服部は数日前、円通寺坂で足をくじき、いざという時は戦えませぬ」

幸右衛門は静かに状況を明かす。

「浪人に頼るほかに、手はないのか」

「この際申し上げますが、江戸屋敷もお抱屋敷も、国元から財政の緊縮を申し付けられております故、人の手をこれ以上増やすことはなかなか」

幸右衛門は皆まで言わず言葉を飲んだが、乗り物を護る者を気安く雇い入れる余裕はないと言いたかったのだろう。

式台の前で押し黙った家中の者たちの面持ちには暗いものがあった。

その苦衷を悟ったものか、

「なにも町中の付添いなど用いずともよいような策を講じることだ」

伊奈は吐き捨てるような物言いをして、足早に門の外へと出て行った。

「乗りましょう」

菊代の方が口を開くと、供の女中二人が打掛の裾を持ったり手を取ってやったりして、乗り物へと導く。

「伊奈様の秋月様へのあの物言いは、先日の立ち合いで負けた腹立ちのせいです」

庄助が六平太の傍で囁いた。

「しかし、立ち合いに勝ち負けは付き物だぞ」

「そうですが、この前の立ち合いでは、伊奈様の首筋に当てることなく、寸止めになさいました。伊奈様とすれば、弱いと見て情けをかけられたに違いない、許せないとの思いが炎の如くその、めらめらと燃え盛ったものと」

庄助のもの言いが面白く、六平太はつい笑みを零してしまった。


中天から降り注ぐ春の日の光を浴びた江戸前の海は、実に穏やかである。

増上寺の大門近くを南へ延びる東海道の海側にある湊町から小舟に乗った六平太は、船底で足を伸ばして海風に吹かれている。

榎坂下の西久保四辻で菊代の方の乗り物と別れた六平太が、湊町へと向かう途中、増上寺と隣接する青松寺(せいしょうじ)の時の鐘が九つ（正午頃）を知らせるのを聞いた。

それからすでに四半刻ばかりが過ぎていた。

赤坂のお抱屋敷から、菊代の方の乗り物に付いて飯倉町の瑠璃光寺に向かった法事の一行は、半刻後の五つ半に境内へ入った。

菊代の方と幸右衛門は法事の場に赴いたが、女中や家士は庫裏の一室で待つことになって、付添いの六平太と陸尺四人は、法事が済むまでは境内から出てもいいことになった。

六平太は増上寺の散策を思い付いて、陸尺の四人を誘って境内を歩き回った。

半刻ばかり境内を見て回った後、榎坂下にある茶店に飛び込んだ六平太は、陸尺四人に茶と菓子を奢(おご)った。

茶店からは榎坂下の西久保四辻がよく見えた。

すると、坂下に屯している男たちが、荷を担いだ者や荷車を曳いて坂を上ろうとする者たちに盛んに声を掛けている様子が窺えた。

荷車を勝手に押したり、奪うように荷をもってやったりして金をせびる連中だった。

茶店を出て瑠璃光寺に戻ると、折よく法事が終わったばかりで、菊代の方を乗り物に乗せると一行はすぐ寺を後にして、赤坂のお抱屋敷を目指した。

寺を出て、西久保四辻から榎坂へと向かいかけた時、継ぎ接(つ)ぎ(は)ぎの上っ張りを羽織っ

ただけの褌姿の五人の荒くれどもの一人が、

「おれたちが乗り物を担いでやる」

凄みを利かせて乗り物の行く手に立ち塞がった。

「おいおい」

陸尺たちは乗り物を下ろして荒くれどもに向かって行った。

「担いでやる」「うるせぇ」と言い合いが始まると、幸右衛門と家士は乗り物を護ることに専念して、両者の諍いに息を詰めた。

両者の間に割り込んだ六平太が、

「そんなに担ぎたいなら、一人五十文（約千二百五十円）出せば、担がせてやる」

荒くれどもに声を掛けた。

「ふざけるな。銭を出すのはそっちだろうが」

「冗談じゃねえ。お前らの望みを叶えてやろうというこっちに金を払うのが筋じゃねえのか」

六平太のいうことに、ほんの僅か思案した荒くれどもの頭分らしい男が、

「理屈をこねる野郎は好かねぇ」

大声を張り上げた途端、男どもが六平太に襲い掛かった。

体を躱した六平太が足を引っかけた一人の男は、坂道を転がり落ちて動けなくなり、

胸倉を摑みに来た男には立身流兵法の俰の技を繰り出して、腰に乗せて地面に叩きつけた。

「増上寺の傍で殺生は避けたいが、お前らの出方次第では、容赦しねえよ」

六平太が刀に手を掛けると、荒くれどもはその場に凍り付いたが、それも一瞬で、いきなり我先に赤羽橋の方へ駆け去って行った。

するとと、幸右衛門が、

「秋月殿、ここからはわれらだけで赤坂に戻れるゆえ、後は好きにしてもらいたい。此度の陸尺四人は、面構えからしていかにも頼もしそうだ」

そう気を利かせてくれた。

「それはありがたい。八つには富ヶ岡八幡宮に行かねばならぬ用があったので、助かる」

六平太はそういうと、榎坂を上る菊代の方の乗り物を見送ってから、湊町へと足を向けたのだった。

湊町は漁師の町である。

漁をしたり荷を運んだりする小舟を、これまでも何度か漁師に漕いでもらい、行き先に運んでもらったことがあった。

この日も、網を干し終えた漁師に深川まで百文（約二千五百円）で運んでくれるよう頼むと、快く請合ってくれたのである。

芝の湊町から舳先を東へと向けていた小舟は、石川島と深川越中島の間を一旦大川の河口へと舳先を向けたが、越中島の先端で大きく右へ回り込むと、大島川を東へと向かう。

流れに沿って進むと、深川蛤町と黒船稲荷を繋ぐ黒船橋を潜り、永代寺門前町と深川佃町を繋ぐ蓬莱橋を潜った先で、小舟は舳先を左に向けた。

そのすぐ先の岸辺の浅瀬に舳先から乗り上げて小舟は止まった。

「ありがとよ」

漁師に礼金を渡すと、六平太は舳先から砂地に飛び移り、

「舟を押し返してやるよ」

そう声を掛けると、砂地に乗り上げた小舟の舳先を押して、川の中ほどへと押し遣った。

「へい、ありがとうございます」

艫で棹を使っていた漁師から声が掛かると、六平太は軽く手を上げて応え、富ヶ岡八幡宮の二ノ鳥居の立つ馬場通へとゆったりとした足取りで向かった。

木場の方から永代橋の方へ、深川を東西に貫く馬場通の向こう側に二ノ鳥居が立っ

ていて、そこを潜った先に富ヶ岡八幡宮がある。

大分陽気がよくなって、花見や潮干狩りなどに繰り出した人で馬場通は賑やかである。

この日、噺家の三治がお紋と落ち合うのは八つということだから、十分に間に合う刻限だった。

境内に足を踏み入れた六平太は、花の盛りを過ぎた桜の木が立ち並ぶ本殿の右手から、深川富士と呼ばれる富士塚（ふじづか）へと向かう。

お紋と落ち合うのは、富士塚の傍にある『たつみ屋』という茶店だと、三治から今朝方聞いていていた。

深川にはよく通っていた六平太は、富士塚近くにある『たつみ屋』は以前から見知っていた。

建物の外に置かれた縁台の横を通り過ぎて、中の土間へと足を踏み入れたところで、永代寺の方から鐘の音がし始めた。

八つを知らせる時の鐘だった。

土間の一角には四角い囲炉裏があって、その四つの縁には三人掛けくらいの縁台が置いてあり、自在鉤には鉄瓶が掛かっていた。

「秋月さん」

聞き覚えのある声の方を見ると、土間より二尺（約六十センチ）ばかり高い板の間から、手を振る三治が眼に入った。

草履を脱いで板の間に上がると、三治の向かいに座っていたお紋が、

「お久しぶりでございます」

六平太に向かってしなを作った。

「秋月さん、なんにします」

三治から問いかけられると、

「芝の方で甘い物を食ったし、おれは茶だけでいい。お前さん方は、なんにするんだ」

「お紋ちゃんは白玉で、あたしは季節に合わせて桜餅を頼みました」

三治はそういうと、

「こっちに茶をもうひとつ」

通り掛かったお運び女に声を掛けた。

「それで秋月様、わたしに頼みとは、なんなのでしょうか」

お紋は少し畏まると、訝しげに六平太を見た。

「これは三治も知っていることだが、浅草元鳥越の『市兵衛店』に、浪人の父親と、深川の学問所に通う倅が引っ越してきたんだよ」

「貝谷さんのことですね」

「そうだよ」

六平太は、興味を示した三治に大きく頷いた。

「三治さんも知ってるお人？」

お紋に問われて、知ってるよと返答した三治は、

「だけど、あの貝谷さんのことを、どうしてまたお紋ちゃんに頼むのかが分かりませんが」

訝しげに首を捻った。

「辻八卦を生業にしてる貝谷さんが、もっぱら柳原土手近辺で八卦見の台を置いてたことは知ってるだろう」

「えぇ」

三治は、六平太の問いかけに頷いた。

重兵衛が辻八卦をする柳原土手は、夜ともなると夜鷹（よたか）がうろつく場所でもあった。

すると、夜鷹の縄張り争いも起こり、夜鷹たちを仕切っているならず者たちの争いにもなる物騒な裏場所でもある。

「貝谷さんは、そんな争いのとばっちりを受けて、ここで仕事をするなら金を払えと何度か強請（ゆす）り取られたんだよ。しかし、学問所に通う倅を持つ身とすれば、実入りが

減るのは困る。別の稼ぎ場を探すにも、面倒なことがある」

「あ、貝谷さんはそれで、一人で音羽に行ったんですか」

三治が目を丸くした。

「いや、音羽に行ったのは、以前仕えていた大名家の中屋敷が浜町にあるらしく、かつての知り合いに、辻八卦をする姿を見られたくないということで、ま、神田界隈を離れたいということだったんだ」

「なぁるほど」

三治は、六平太が口にした虚実ないまぜの事情に得心がいったのか、大きく頷いた。

「そのことと、わたしに話があることとは、どんな」

「つまりね、学問所に通う倅と別々に暮らすというのは尋常なことじゃない。父親を一刻も早く『市兵衛店』に戻し、親子で暮らせるようにしてやりたいんだよ。そのためには、揉め事のない安心できる場所で辻八卦に専念させたいわけだ。そこで思いついたのが、倅の学問所のある深川だ。富ヶ岡八幡宮の門前の料理屋『村木屋』の主であるお紋ちゃんのお父っつぁんに、力添えを願えないかと思って来たんだよ」

六平太のいうことに、お紋と三治が大きく頷いた。

茶店のお運び女が板の間に上がって来て、三人の前に茶と菓子を置くとすぐ去った。

「だけど、お父っつぁんになにを」

「お父っつぁんは、富ヶ岡八幡宮の氏子でもあるし、永代寺の檀家でもある。しかも、町役人という務めもしておいでだ」

「えぇ」

お紋は、小さく頷く。

「そのお父っつぁんに、富ヶ岡八幡宮の境内や門前の通りなんかで辻八卦の商売を出来るよう、土地のお偉方に口を利いてもらい、貝谷さんが安心して稼げるよう便宜を図ってもらえないかと思ってねぇ」

お紋に阿る(おもね)ような物言いをした六平太は、おもむろに頭を下げた。

「それはいいけど、木場のお登世(とせ)ちゃんに頼めばよかったんじゃありませんか。お父っつぁんは材木商の『飛驒屋(ひだや)』さんだし、婿になった人も木場の材木屋の次男坊でしょう」

「だがね、木場で辻八卦をするならともかく、易占に集まる客は門前町界隈の方が多いだろうからさ」

六平太が答えると、

「分かりました。お父っつぁんに頼んでみます」

お紋がきっぱりと請合ってくれた。

五

六平太は、三治とお紋を茶店に残して富ヶ岡八幡宮を離れた。

帰りは神田岩本町の『もみじ庵』に寄って、今日の付添い料を貰ってから浅草元鳥越へと帰るつもりである。

歩き疲れた六平太は、富ヶ岡八幡宮と境を接する永代寺の境内を通り過ぎ、十五間川に沿って、油堀へと向かった。

荷船などの通る十五間川は大川へ通じており、日本橋、浅草へ戻る小舟を捕まえて、両国橋まで乗せてもらおうという魂胆だった。

油堀の両岸に人家は連なっているが、永代寺や富ヶ岡八幡宮から離れたこの辺りには、馬場通のような人通りはない。

深川では名の通った七場所と言われる岡場所よりも下等な局見世と言われている三角屋敷が近くにあって、今も、妖しげな連中が路地の陰から道行く男たちに目を走らせていた。

油堀に架かっている千鳥橋の袂に立ち、菅笠を上にあげて大川に向かう小舟を探していた六平太は、加賀町と大名屋敷の間の小路に立っている二、三の人影に見られていることに気付いた。

菅笠を被り、刀を差している袴の上には羽織を着ていることから、侍と見た。

六平太は試しに、大名屋敷の小路へと足を向けた。

すると、小道の入口に固まっていた三人の侍が刀の柄に手を置いて身構える。

「おれに用か」

六平太が声を掛けると、三人の侍たちは小路から飛び出すと、素早く抜いた刀を六平太に向けて取り囲む。

「金か」

六平太が鋭い声を発すると、一人の侍が無言で斬りかかってきた。

片足を引いて体を捻った六平太は、立身流兵法の『擁刀』の抜刀術で刀を抜くと、峰に返した刀を上段から振り下ろし、斬り掛かってきた相手の峰に叩きつけた。

「あ」

刀を落とした侍は声を上げると、脇差を抜いたが、じりじりと後退る。

するとすぐ、もう一人の侍が八双の構えから体側に刀を移すと、正眼に構えた六平太の刀に向けて、まるで相打ちを覚悟したように斬り込んできた。

このまま刀を合わせれば刀の鎬が弾かれる――咄嗟に閃いた六平太は、後ろへと飛んで、己の刀を下段に構えた。

「今の太刀使いは、どこかで眼にしたことがある」

六平太が口を開くと、顔を見合わせた三人の侍は腰の鞘（さや）に納刀しながら、大川の方へと駆け去って行く。

刀を納めて見送っていると、小路の奥から小走りに出てきた網代笠（あじろがさ）を被った羽織袴の小柄な侍が、六平太がいることに気付いてビクリと足を止めた。

「おれに、意趣返しですか」

静かに問いかけたが、相手から返事はない。

「今の侍の一人が、『切落』という小野派一刀流の形を繰り出したが、そこもとと同門ですかな」

網代笠の侍は微動だにしない。

「どうしておれが深川にいると知った」

「屋敷に戻って話を聞くと、富ヶ岡八幡宮に行くらしいと知って、道場の者と追った」

「そんなに憎いのか」

穏やかな声でいうと、

「付添い屋などという軟弱な生業をしているその方に負けたことが悔しいのだっ」

六平太に向かって顔を上げた笠の下に、伊奈の鋭い眼があった。

「おれに挑むなら、門人に頼らず、一人で来ることだな」

さらに苦言を呈すると、伊奈はそっと下唇を噛(か)む。

「負けん気が強いのが悪いとは言わんが、こんなことに向きになるぐらいなら、母親の乗り物の供をすることですよ」

そのことばに何か言おうとしたが、伊奈から言葉は出ない。

「お母上の外出の一行に万一のことがあれば、御家の疵(きず)になりますよ。責められるのは久世家の当主、大和守様だ。久世家は、ならず者たちに後れを取ったと評判が立ちます。武士として不覚を取ったという、恥ずべき謗りを受けることにもなります。おれは恥とは思わんが、名の通った久世家には痛手だろうな。法事の帰り、強請たかりの車押しの連中に絡まれたが、あいつらに金品を取られでもしたら、恥どころか、御家の存続にかかわることでしてね。武家の、しかも、藩主の娘御なら、そのくらいのことは肝に銘じておくことです」

六平太が言い終わる直前、いきなり踵(きびす)を返した伊奈は大川端の方へと足早に立ち去って行った。

見送った六平太の顔にふっと笑みがこぼれた。

ここまで言ってしまえば、久世家との付き合いも、おそらくここまでだな——そんなことに思い至った六平太の、それはそれでいいという、安堵(あんど)の笑みだった。

小舟を探そうと、再度千鳥橋の袂（たもと）に向かいかけた時、緑橋（みどりばし）を渡ってきた若い男が足を止めた。

風呂敷包みを手に提げた小四郎である。

「今、帰りか」

「はい」

小四郎は頷くと、

「深川にはお仕事でしたか」

「うん、いや、仕事とは別の用事で来たんだが――どうだ、両国まで船で行くつもりだが、乗って行かんか」

「いえ。わたしは、歩いて帰ります」

小四郎は、笑顔で頭を下げた。

「おれは、口入れ屋に寄るが、そしたら両国橋まで一緒に歩くかぁ」

そう口にした六平太が大川端へと足を向けると、その横に小四郎が並んだ。

しばらく無言で歩いていたが、

「お父上は、案外早く『市兵衛店』に戻って来られるかもしれんぞ」

小名木川（おなぎがわ）に架かる万年橋（まんねんばし）を渡ったところで、六平太が口を開くと、

「まことですか」

小四郎は昂ぶった声を上げた。

「深川には木場の勇ましい川並に知り合いがいるんだよ。そのうえ、永代寺や富ヶ岡八幡宮の檀徒や氏子が眼を光らせれば、露店の商いも重兵衛殿のような辻八卦見たちも安心して商売が出来ると思うんだ。そうしたら、深川を仕事場に出来るだろう」

六平太の話に、小四郎が眼を見張った。

重兵衛の音羽行きの背景には、小四郎の出自に関することも絡んでいたが、六平太はそのことに触れるつもりはなかった。


小四郎と共に両国橋を渡った六平太は、浅草御門前で別れた。

小四郎は浅草元鳥越の『市兵衛店』へと帰って行ったが、六平太は、神田岩本町の『もみじ庵』へと足を向けたのである。

色褪せた臙脂色の暖簾を割って障子戸を開けると、

「邪魔するよ」

六平太は声と同時に土間に足を踏み入れた。

「こりゃ秋月様」

声を掛けたのは、帳場の框に腰を掛けていた『観扇堂』の喜兵衛である。

「秋月さんに、付添いを頼みに見えたんですがね」

帳場机に着いていた忠七がそこまでいうと、

「秋月さんには他から口が掛かっているということで、惜しいことをしました」

喜兵衛はそういうと、いかにも悔し気な顔をした。

「いえね、喜兵衛さんの店の舞扇や扇子を贔屓にしている役者が、亭主持ちの女とややこしいことになって、亭主に追われてるそうなんですよ」

忠七が好奇心も露わに密やかに事情を語ると、

「それで、今は知り合いの家に身を寄せてます坂東儀三郎の小屋入りに付添っていただけないかと、そのお願いで伺ったんですよ」

そう述べると、喜兵衛は大きなため息を吐いて框から腰を上げた。

その直後、

「そうそう。先日の桃園句会の吟行に、付添いを頼もうと言い出したのは誰かという話になったじゃありませんか」

喜兵衛が続けた。

「しかし、喜兵衛さんは誰が口にしたのかはっきりとは分からないということでしたが」

「それが、この前葺屋町の芝居小屋の前で、吟行にもいらした琴の女師匠、戸山宝仙さんとばったりお会いしたんですよ。そしたら、道灌山の吟行はよかった楽しかったという話で盛り上がりまして、そのうち、やっぱり口入れ屋の付添い屋さんに頼んだ甲斐があったと仰るじゃありませんか」

「あの琴の師匠が『もみじ庵』を知っていてくれたとは、ありがたいことじゃねぇですか。ねぇ、忠七さん」

六平太が機嫌のいい声を上げると、喜兵衛が、

「いえそれが、わたしに付添いを頼んだらと直に言ったのは琴の師匠の宝仙さんですが、その宝仙さんに、神田岩本町の口入れ屋『もみじ庵』には、礼儀知らずではあるが、評判の付添い人がいるらしいと耳打ちしたのは、なんと、木綿問屋『信濃屋』のご隠居のおすげさんだったんですよ」

笑顔で打ち明けると、忠七は「あ」と息を飲んだ。

六平太は、「え」と口を開けたが、声にはならなかった。

「それじゃ、わたしはこれで」

辞去の挨拶をすると、喜兵衛は表へと出て行った。

「秋月さん、これはどういうことでしょうね」

忠七から掠れた声で尋ねられたが、六平太には見当がつかない。

木綿問屋『信濃屋』で、先月ご隠居に意見をした六平太を、吟行に誘い出して恥をかかせようというような陰湿な魂胆が、あのおすげにはあったのかもしれない。

「どういうことと言いますのは、今日、喜兵衛さんがおいでになる少し前に、秋月さんを名指しで付添いの依頼が来たからですよ」

「誰から」

「ですから、『信濃屋』のご隠居のおすげさんからですよ」

忠七の答えに、六平太は息を飲んだ。

「目黒行きの付添いですから、時節柄、筍飯を食べに行くお供じゃありませんかねぇ」

のんびりとした忠七のもの言いが、かえって胸の内を掻きむしる。

『なぜだ！』

六平太は、声にならない声を上げた。

小学館文庫
好評既刊

付添い屋・六平太
龍の巻 留め女

金子成人

ISBN978-4-09-406057-7

時は江戸・文政年間。秋月六平太は、信州十河藩の供番（駕籠を守るボディガード）を勤めていたが、十年前、藩の権力抗争に巻き込まれ、お役御免となり浪人となった。いまは裕福な商家の子女の芝居見物や行楽の付添い屋をして糊口をしのぐ日々だ。血のつながらない妹・佐和は、六平太の再仕官を夢見て、浅草元鳥越の自宅を守りながら、裁縫仕事で家計を支えている。相惚れで髪結いのおりきが住む音羽と元鳥越を行き来する六平太だが、付添い先で出会う武家の横暴や女を食い物にする悪党は許さない。立身流兵法が一閃、江戸の悪を斬る。時代劇の超大物脚本家、小説デビュー！

小学館文庫
好評既刊

脱藩さむらい

金子成人

ISBN978-4-09-406555-8

香坂又十郎は、石見国、浜岡藩城下に妻の万寿栄と暮らしている。奉行所の町廻り同心頭であり、斬首刑の執行も行っていた。浜岡藩は、海に恵まれた土地である。漁師の勘吉と釣りに出かけた又十郎は、外海の岩場で脇腹に刺し傷のある水主の死体を見つける。浜で検分を行っていると、組目付頭の滝井伝七郎が突然現れ、死体を持ち去ってしまった。義弟の兵藤数馬によると、死んだ水主の正体は公儀の密偵だという。後日、城内に呼ばれた又十郎は、謀反を企んで出奔した藩士を討ち取るよう命じられる。その藩士の名は兵藤数馬であった。大河時代小説シリーズ第１弾！

かぎ縄おりん

金子成人

ISBN978-4-09-407033-0

日本橋堀留『駕籠清』の娘おりんは、婿をとり店を継ぐよう祖母お粂にせっつかれている。だが目明かしに憧れるおりんにその気はなく揉め事に真っ先に駆けつける始末だ。ある日起きた立て籠り事件。父で目明かしの嘉平治たちに隠れ、賊が潜む蔵に迫ったおりんは得意のかぎ縄で男を捕らえた。しかし嘉平治は娘の勝手な行動に激怒。思わずおりんは本心を白状する。かつて嘉平治は何者かに襲われ、今も足に古傷を抱える。悔しがる父を見て自分も捕物に携わり敵を見つけると決意したのだ。おりんは念願の十手持ちになれるのか。時代劇の名手が贈る痛快捕物帳、開幕！

てらこや青義堂 師匠、走る

今村翔吾

ISBN978-4-09-407182-5

明和七年、泰平の江戸日本橋で寺子屋の師匠をつとめる坂入十蔵は、かつては凄腕と怖れられた公儀隠密だった。貧しい御家人の息子・鉄之助、浪費癖のある呉服屋の息子・吉太郎、兵法ばかり学びたがる武家の娘・千織など、個性豊かな筆子に寄りそう十蔵の元に、将軍暗殺を企図する忍びの一団・宵闇が公儀隠密をも狙っているとの報せが届く。翌年、伊勢へお蔭参りに向かう筆子らに同道していた十蔵は、離縁していた妻・睦月の身にも宵闇の手が及ぶと知って妻の里へ走った。夫婦の愛、師弟の絆、手に汗握る結末――今村翔吾の原点ともいえる青春時代小説。

小学館文庫
好評既刊

勘定侍 柳生真剣勝負〈一〉
召喚

上田秀人

ISBN978-4-09-406743-9

大坂一と言われる唐物問屋淡海屋の孫・一夜は、突然現れた柳生家の者に御家を救えと、無理やり召し出された。ことは、惣目付の柳生宗矩が老中・堀田加賀守より伝えられた、四千石の加増にはじまる。本禄と合わせて一万石、晴れて大名となった柳生家。が、大名を監察する惣目付が大名になっては都合が悪い。案の定、宗矩は役目を解かれ、監察される側に立たされてしまう。惣目付時代に買った恨みから、難癖をつけられぬよう宗矩が考えた秘策が一夜だったのだ。しかしなぜ召し出すのが商人なのか？　廻国中の柳生十兵衛も呼び戻されて。風雲急を告げる第１弾！

うちの宿六が十手持ちですみません

神楽坂 淳

ISBN978-4-09-406873-3

江戸柳橋で一番人気の芸者の菊弥は、男まさりで気風（きっぷ）がよい。芸は売っても身は売らないを地でいっている。芸者仲間からの信頼も厚い菊弥だが、ただ一つ欠点が。実はダメ男好きなのだ。恋人で岡っ引きの北斗は、どこからどう見てもダメ男。しかも、自分はデキる男と思い込んでいる。なのに恋心が吹っ切れない。その北斗が「菊弥馴染みの大店が盗賊に狙われている」と知らせに来た。が、事件を解決しているのか、引っかき回しているのか分からない北斗を見て、菊弥はひとり呟くのだった。「世間のみなさま、すみません」――気鋭の人気作家が描く、捕物帖第１弾！

春風同心十手日記〈一〉

佐々木裕一

ISBN978-4-09-406843-6

定町廻り同心の夏木慎吾が殺しのあったという深川の長屋に出張ってみると、包丁で心臓を刺されたままの竹三が土間で冷たくなっていた。近くに女物の匂い袋が落ちていたところを見ると、一月前に家を出ていった女房おくにの仕業らしい。竹三は酒癖が悪く、毎晩飲んでは、暴力をふるっていたらしいのだ。岡っ引きの五六蔵（ごろぞう）や女医の華山らに助けを借りて探索をはじめた慎吾だったが、すぐに手詰まってしまい……。頭を抱えて帰宅した慎吾の前に、なんと北町奉行の榊原忠之が現れた!?　しかも、娘の静香まで連れているのは、一体なぜ？　王道の捕物帳、シリーズ第１弾！

――本書のプロフィール――

本書は、小学館文庫のために書き下ろされた作品です。